蛇口 オカンポ短篇選

シルビナ・オカンポ

訳＝松本健二

はじめて出逢う
世界のおはなし

目次

蛇口

オカンポ短篇選

装画　オオツカユキコ
装幀　塙　浩孝

失われたパスポート

El pasaporte perdido

『ここにクロード・ヴィルドラックの身分を証明する、独身、職業……読み書きはできるわ、写真、裏面には右人差し指の指紋と署名、生年月日……一九二二年四月十五日……現住所……アルゼンチン共和国連邦首都区ブエノスアイレス市……身長一メートル四十センチ、肌の色は白、金髪、まっすぐな鼻、口は中ぐらい、耳も中ぐらい……』

クロードは自分の顔写真の輪郭を指でなぞり、パスポートを見ながら考えていた。『このパスポートをなくしちゃだめ。わたしはクロード・ヴィルドラック、十四歳。絶対に忘れちゃだめ。このパスポートをなくしたら、わたしが誰だかわたしにすらわからなくなる。このパスポートをなくしちゃだめ。なくしてしまえばこの船にいつまでもいることになる、船はだんだん古くなって最後は沈んでしまう。どんな船もいつか沈没するんだから。そのときはわたしも溺《おぼ》れて髪もばさばさのずぶ濡れになって、きっとその写真が新聞に〈パスポートをなくした少女〉としてのるんだわ。

『リバプールまで行かなくちゃ。ハットをちょこんとかぶったマベルおばさんが待っているはず。マベルおばさんの大きなおうちには五匹の犬がいる。グレートデンが三匹、ハウンド犬が二匹。おばさんからの短い手紙にハウンド犬の写真が挟んであった。ディス・イズ・マイ・ビューティフル・ライトニング。ライトニング。稲妻なんて犬にはややこしい名前よね、何度も言い聞かせなきゃ。マベルおばさんはお花畑と布をつくる工場のオーナー。リバプールに早く着き過ぎてもいいや。だって船の暮らしは毎日が祝日、誰にもじゃまされずにひとりで甲板を駆け回っていられるこの祝日をもっと楽しみたいから。

『昨夜、眠たい目をこすっていたら、誰かにさみしくないかと尋ねられた。わたしはさみしくなんかなかった。父はわたしを、船上警備隊長とか、覚えにくい変な名前の家族に紹介してくれた。出港の日には船鐘が祝日みたいにカンカン鳴り、食堂は花の匂いでむっとしていて、わたしはみんなから抱きしめられるうちに帽子の形がすっかり歪《ゆが》んでしまって、みんなが踊るようにして別れの挨拶を交わすその足下だけを見ていた。父がわたしの帽子をとってわたしの目を見つめ、その瞬間、周囲の大人たちの多くが泣いているのが見えた。わたしはいまこそ自分が泣くべき瞬間なのだと感じた。目を拭《ぬぐ》い、人々の別れの場面が終わるまで自分が泣いているしるしにハンカチを握りしめていた。

『わたしが最後の人に抱きしめられていたとき、船鐘がアイスクリーム屋さんみたいにカンカンと鳴った』汽笛が三度、まるで船を三度バラバラに壊しそうな勢いで船体を震わせ、やがて海の沈黙が陽光で満たされ、続いて英国人記念塔の鐘の音が三度響き渡った。ブエノスアイレスはもうはるか彼方だった。『これが旅というものなのね』とクロード・ヴィルドラックは考えていた。『予想していたのとはずいぶん違うわ』

彼女は船室のベッドに腰かけて、ミサの典礼書のようにパスポートをめくった。万国旗と星できらびやかに飾られた大西洋汽船トランスヴァール号に乗船してから一週間が経っていた。乗船前、クロードは母と船を見学し、船室を選び、遭難の際に乗るべき救命ボートを走って見に行った。クロードは船を沈ませる嵐の大波を思い浮かべて、恐怖のあまり目をまじまじと見開き、パスポートの写真とそっくりになった。母が笑っていて、クロードにはそれが不吉な前兆のように思えた。彼女はその日の夜〈夢遊病の娘〉という名のレストランで食事をしたのを覚えている。すべての皿に、橋のうえを手を突き出して歩く髪のほどけた少女の絵が描かれていた。それはむしろ、遭難した末、十四歳にしてパスポートも家も家族もなくして船からとぼとぼ降りてくる少女の絵に見えた。

彼女は船窓の外を眺めた。濃い群青色の海が広がり、船はそこをゆっくりと左右に揺れていた。その海は、海水浴の海、浜辺で見る海、甲板から見える海、そのどれとも信じられないほど違っていて、緑の筋が入った大理石のようにずっしりと硬く、貫きがたく見えた。船室のバスタブに二時間以上もつかっていたクロードの髪はしっとりと濡れていた。彼女はエルビラからちょっかいを出されていた。エルビラとは何者だろう？　クロードは彼女の姓も、父と母が誰かも知らなかったが、一日中このエルビラにくっついて遊んでいた。船が沈む日が来ても、エルビラには浮き輪を渡すつもりだった。クロードは、赤道を越える日にエルビラが髪を結んでいたリボンの切れ端を大事にしまっていた。その日の夜は食堂が満員になり、サーカスの楽団が感傷的なメロディを奏でていた。人々はパーティー用の正装で集い、クラッカーが弾けると緑と紺色のリボンが放たれ、天井には大きな蝶や競走馬やバレリーナや狩人の絵が踊っていた。でもエルビラは舞踏用のドレスを着ていなかった。エルビラは夜風に触れると寂しげな音を立てるドレスを着ていた。五種類の香水を身にまとったエルビラは、まるで花畑に閉じ込められたかのようだった。

エルビラとは何者だろう？　あれは「けがれた女だ」と何人かの男の人は言っていた。あるおじいさんはクロードのほどけた髪とひっかき傷だらけの脚を見て、まるで咳《せき》きこむように口を押さえながらあれは「しょうふ」だと言った。その「しょうふ」というのは、大きな継《つ》ぎ接《は》ぎだらけの労働者の服を着て、すり減ってしまった靴を履いている女のことに違いない。クロードは「しょうふ」をそんな風に想像した。口紅も塗らず、大きなずた袋を背負って「ふろうしゃ」みたいに農場から農場へと渡り歩くような人生を送る女。

クロードは、ある朝のこと、甲板のテニス場を走っていて転んだときのことを覚えていた。エルビラはまるで母のように彼女を抱きかかえると、怪我《けが》をした膝《ひざ》に薄いガーゼのハンカチを巻きつけてくれた。そのあとひとりでいたとき、そのハンカチの隅にエルビラという名が刺しゅうされているのを見つけた。それがエルビラとの出会いだった。

クロードは触り心地のいい換えたての枕カバーに頭を沈めた。枕は白い貝殻、そこからは海の声が聞こえる。船に乗っている必要すらない。

船上生活におけるクロードのいちばんのお気に入りは朝食、サーカスの楽団、沈没の恐怖、そしてエルビラだった。

だが、このときふと、深海の水圧で鰭《ひれ》がぎざぎざになり、一メートルほどの針を鼻面にくっつけたまん丸い魚が、ドアから飛び出してきて、まず絵に描かれたシャクヤクの花を突き刺し、次に電球をつついた。部屋は闇に覆われ、海の漆黒のヴェールで閉ざされた。苦悩がクロードを支配した。沈没の光景を見逃した後悔の念が。船はもうどれくらい前に沈んだのだろう？するとふいに、割れた電球の向こう側から、かすかな炎が現れて、それが次第に大きくなってゆき、やがて床や椅子《いす》にも飛び火した。あらゆる船室のドアが開け放たれ「火事だ、火事だ！」と怒号が飛び交っていた。クロードも部屋を飛び出し、救命ボート五五番、と呪文のように唱えながら走った。階段を駆け上がった。救命ボートはどれもパジャマ姿の人々でいっぱいになっていた。そこには乗客の全員がいた。一等船室の客たち、三等船室の客たち、ウェイター、二人の理容師、操舵手《そうだしゅ》、整備士、楽団員、コック、客室係の女たち。そこには全員がそろっていた。エルビラをのぞいて。エルビラは遠くのデッキを走っていたが、いっこうに近づいてこない。あの皿に描かれていた夢遊病の娘と化したエルビラは、いっこうにこちらへ近づいてこない。クロードは浮き輪をもって彼女のあとを追う。船はいまや、彼女のただひとつの名と顔とともに、波間へ永久に沈もうとしていた。

空中ブランコの情景

Paisaje de trapecios

シャーロットは胸元に目を落とした。ガウンは分厚いウール地に花柄のフリンジ、袖につながる部分がほつれていて、全体に外側に向けて引っ張られているような、木造エレベーターが階と階の狭間で閉じ込められたような息苦しさを感じさせた。朝食がテーブルに用意されていた。彼女は毎朝、ホテルの部屋着姿のまま、立って食事をする。すると、街では鳥の囀《さえず》りすら聞こえないその時刻に、隣の部屋のドアが開く。プリニオの部屋だ。プリニオは、その曲がった脚をぴょこぴょこさせて、朝を告げるかのように部屋へ入ってくる。まるで両手に何人もの人間の疲労を、あるいは何杯ものバケツや果物の籠《かご》をぶらさげているかのようだった。その目は悪意とものまねによる悲しみに満ちていた。シャーロットはむき出しの太ももにプリニオを座らせると、彼が生まれたときからの習慣である角砂糖をしゃぶらせた。彼女はときどき、自分がサーカス団に入れたのは実際この子のおかげなのだろうか、あるいは自分の実力、いくつものアクロバットをこなせる自分が認められたからなのだろうかと自問する。だが、旅回りのあいだに船で、駅で、切符売り場で、とにかく声の届く場所からかけられる「ほら、あのお猿といっしょの娘さんをごらん!」という感嘆の言葉は、どれもみな彼女や、彼女のかぶる赤い毛糸の帽子や、彼女の逞《たくま》しい背中に向けられたものではなかった。猿が自転車に乗れば客は喝采を送るし、猿が椅子《いす》で逆立ちをすればそれは奇跡になるが、プリニオにはそのすべてをこなせた。シャーロットが辛抱強く猿を鍛えてきたことはたしかだ。彼女は角砂糖でべとべとになった手でプリニオを延々と訓練してきた。ところがいざショーになると客の拍手喝采はプリニオだけに降り注ぎ、彼女のほうは、山のようなアクロバットをこなし、赤い網タイツの下からぴちぴちの太ももを見せつけ、腕から胸の際までを露出させ、偉大な曲芸師にのみ可能な技を披露し、四方の客席に投げキスを振りまいて、ようやく拍手をもらえる。どこまでも続く静けさが部屋を押し広げていた。シャーロットはサーカス団に入りたてのころ、宙返りが怖くてしかたがなく、やるたびにしくじりそうな気がして心臓がばくばくした。血管の忌まわしい青筋が無数に浮き出た真っ赤な首のすぐ下で、心臓がいまにも芽を吹く種のように膨らむのを感じたものだ……。ショーが終わると場末のホテルのベッドに崩れ落ちた。心臓の鼓動を網目タイツの裂け目からも感じることができた。健康だったせいで仲間から同情されることもなかった。体はへとへとでも、頬《ほお》はいつもピンク色をしていたからだ。

エドナ・サーカス団は何年ものあいだ町から町を渡り歩き、六頭の象たちのおかげでなんとかもちこたえていた。象たちは三本脚で歩いたり、砂を鼻から吸い込んでラッパのような音を鳴らしたり、樽《たる》を勢いよく転がしたり、小人を踏みつけることなくその頭上をバレリーナみたいに飛ぶこともできた。ささやかな拍手喝采を巻き起こすプリニオと日本人の曲芸師も看板だった。

でもシャーロットは十歳のころからサーカスで働いてきた。彼女は飼いならされた象たちのざらざらの脚に囲まれて、空中ブランコや回転ホイールを日常の情景にして育ってきた。田舎暮らしは経験したこともなかった。檻《おり》に閉じ込められた動物以外の野生動物は見たこともなかった。つい最近のある日、ティグレの湖沼地帯へピクニックに誘われた。ボートでの観光を終えたあと、サーカス仲間たちとラス・ビオレタスという名の自然公園で下ろしてもらった。シャーロットはヤシの木陰で眠りに落ちた。目が覚めたとき、いつの間にかすぐそばに来ていた象のざらざらの脚が見えた。その先には緑のヤシの木、あたりはサーカス小屋のようなおが屑《くず》と砂の匂いはしない。彼女の人生でもっとも信じがたいことが起きていた。一日をのんびり田舎で過ごしたのだ。

それまでの彼女の暮らしに特別なことなどなにひとつなかった。それは空のない砂漠の暮らしだった。自分の出番を待ちながら、控えのベンチで激しい眠気に目をぴたりと閉じて眠りこける（団員たちからは眠り姫と呼ばれていた）……やがて幕間に客たちが動物を見学に行っているあいだにプリニオがやってきて、彼女のスカートを引っ張り腕をゆさぶって目を覚ます。そして、そんな客たちのなかからある日、彼女がそんな風に、というのはつまり、いつものように眠そうに両腕をだらりとさせ、いまにも二粒の涙となって転がり落ちて行きそうな眼をなんとか見開き、口をうっすら開いて頬紅を塗り、星だか手の形の刺繍《ししゅう》を衣装に縫いつけていたときに、ひとりの男が現れて彼女に恋をした。その瞬間の彼にとって、その眠れる少女の白熱光を発するようなアクロバティックな動きは、まだ現実と化してはいなかった。そこには、その眠れる筋肉をそっと抱き寄せるように優しく包み込む腕と足とがあった。男は幼少期にサーカスの曲芸師に変装をした金髪の天使を見たことがあった。きっとそれで立ち止まり、その幼少期の記憶から抜け出してきた女曲芸師を長々と見つめたのだろう。そして彼女はステージの最上段から眠気というヴェールを通して、客席の最上段にいた男が、額の奇天烈な眉毛《まゆげ》の下から目配せするのを見た。その目の力があまりに強かったせいか、シャーロットはすっかり目を覚ましてしまったが、そこには誰の姿も見えなかった。「プリニオ、あの人は誰だったの？」プリニオは幕の向こう側を覗《のぞ》きこんだが、答を得られないまま体を揺すって戻ってきた。

少女はそれまで空なき砂漠の孤独に生きてきたが、やがてその不在の空はリオで採集された蝶たちで埋め尽くされた。見知らぬ男が贈り物として届けさせた蝶だった――男の代わりに感謝のキスを受けとめていたのはプリニオだった。シャーロットが空中ブランコと積み重ねられた椅子の合間で大きく丸い手を合わせて感謝を捧げていると、一週間後、スミレ色のスーツを着た背の高い男が彼女に会いに来た。

そのつかの間の出会い以降、二人は毎日のようにタクシーで出かけるようになり、シャーロットは恋愛というものがある種の鬼ごっこであることを発見した。恋する男はすぐさま彼女を連れ込み宿へ誘いこもうとしたが、結局は〈青きドナウ川《ダヌービオ・アスル》〉街の外れにある品の悪いドイツ・バーにしか連れて行けず、そこで二人は正式な交際をすることに決めた。彼女はデートのあいだも時間きっかりにホテルに戻ってプリニオに餌《えさ》をやらねばならなかった。それは神聖な仕事で、婚約の日にも欠かさなかったほどだ。このときストライプのスーツ姿だった婚約者は暗い顔つきで「これではいつか嫉妬《しっと》で狂ってしまうよ」と言った。「誰を嫉妬するの？」とシャーロットは尋ねた。「プリニオさ」踊っていた二人を彼女の穏やかな笑い声が包み込んだ。

その夜は寒く、ドイツ・バーには人いきれとビールと揚げ物の匂いが立ち込めていた。それぞれのテーブルの中心には金属製の巨大な花瓶が置かれ、枯れた花が三本しなだれていた。

彼女にとって一日はとびきり短かったが、彼にとっては永遠だった。そして、ふとした瞬間、なにもない暗闇のなかにプリニオの罪深い目がきらりと光った。婚約者はがっくりしながら、ミサを司る司祭のように声を絞って連れ込み宿に誘いこめないものかと考えたが、それも無駄だった。焦れば焦るほど自分の言葉に説得力がなくなる気がした。悪いのはプリニオだ。奴こそが彼女の時間を奪っている。彼女は奴に、はしたなくもネグリジェ姿で自転車の乗り方を教えたり、毎日いつどこにいてもいきなり駆け出して餌をやりに帰ったりと、貴重な時間を無駄に費やしている。

ブエノスアイレスの新聞にエドナ・サーカス団が興行を終了、ただし今後はすべてがお別れ特別公演になるとの記事が出た。その日の朝、シャーロットは朝食のあと買い物をしようと早くにホテルを出て、十二時きっかりにプリニオへ餌をやりに戻ってきた。ホテルのロビーで、まるでとても大きな丸薬を水なしで飲みこむように、心臓の鼓動を落ち着かせる仕草をした。部屋に入り、隣室に通じるドアを開けた。生暖かい椅子の周りはすっかり散らかっていて、床に倒れたプリニオは言葉を話せなくなった死人のように見えた。言葉など一度も話したことのないプリニオが、死んだいまになって、なにかを伝えたそうにしていた。シャーロットがプリニオを撫《な》でると、その手に赤い血の染みがついた。プリニオは胸に大きな傷を負っていた。間違いなく誰かに殺されたのだ。シャーロットはドアを開けて、三度叫んだ。婚約者が彼女を探しにやってきたが、男がまるで花束のように顔にはりつけていた真新しい笑みは、彼女の目に入らなかった。男は手に包帯を巻いていて、かつてシャーロットのいちばん難しい曲芸を見つめたときと同じように、眼前の光景が信じがたいという表情で、死んだプリニオを覗きこみ、恋人の顔を見つめたが、それは彼の知っていたあの恋人ではなかった。それはもはや曲芸師の姿をした天使でもなければ、美しい猿を連れた少女でもなかった。シャーロットは床に座ったまま視線を定め、プリニオの命を奪った犯人を告発する新聞宛の文章を考えていた。

オリーボスの二軒の家

Las dos casas de Olivos

オリーボスの崖《がけ》の上に三階建てのとても大きな家があり、たった五人が暮らしていた。家の主人、十歳の娘、ベビーシッター、料理人、使用人（屋敷の奥に住んでいた庭師は除く）。無人の部屋がいくつもあり、湿気を嫌ってブラインドが下ろされたままの巨大な部屋、壁一面に先祖を描いた細密画や楕円形の肖像画が掛けられた部屋もあった。庭はだだっ広く、とてつもなく高い木が生えていた。家の主人にとって唯一の気がかりはキイチゴが採れないことだった。庭には花々や木々がいくつも生い茂り、果樹園まであったが、なぜかキイチゴだけは採れなかった。

オリーボスの崖の下のトタンでできた一間の家に、四人が暮らしていた。家の主人と三人の孫娘。長女は十歳で、なにか食べられるものが手に入るといつもこの子が料理をしていた。

そして、この二人の娘が、庭を囲むフェンス越しに知り合うことになった。「わたしの家は最低よ」とひとりが言った。「部屋が十もあるのに、どこにも入れないの。庭はキイチゴが採れないから、パパはいつだって怒ってる」「わたしの家は最低よ」ともうひとりが言った。「川沿いのトタンの家で、波が近くまで上がってくるの。冬になると寒いから焚火《たきび》をたくわ」「なんて素敵な家!」と最初の子が言った。「うちでは暖炉の火もつけさせてくれないのよ」そして二人は相手の家を夢見ながらうちに帰った。

翌日二人はまたフェンスを挟んで出会い、不思議なことに、二人の少女を見ていると、次第にそっくりになっていくのだった。目の形は同じ、髪の色も同じ、フェンスに体を寄せて測ってみると背丈も同じだったが、二つだけ違うところがあった。手と足。大きな家の娘は靴と靴下を脱いだ。彼女の足のほうが、小さな家の娘よりも白くて小さかった。手もやはり白くてすべすべしていた。大きな家の娘は何日ものあいだ水や漂白剤をいれたバケツでハンカチを洗い、やがて手に真っ赤なあかぎれができた。何日ものあいだ石畳の上を裸足《はだし》で歩いた。もはや二人は見分けがつかなくなった。家を交換したいと願う気持ちも。ついにある日、二人のあいだの架け橋代わりになっていたフェンスのそばのオンブーの木陰で、二人はこっそり服と名前を交換した。ひとりが相手に自分の裸足を差し出し、もうひとりが靴を差し出した。ひとりが相手に白絹の手袋を差し出し、もうひとりがあかぎれだらけの手を差し出した……。ところが二人とも自分たちの守護天使を交換するのは忘れていたのだった！　天使たちはちょうど昼寝の時間で、芝生ですやすやと眠りこけていた。二人の少女は鉄柵を乗り越え、大きな庭の家の少女は道を横切り、そして外から来た少女は庭のなかへと入っていった。二人は別れのあいさつを交わした。「迷っちゃだめよ。わたしの寝室は右側の廊下の奥だから」するともうひとりが答えた。「迷っちゃだめよ。その道をずっとまっすぐ行くのよ」（少女の放った言葉の最後がおかしな音になり、そばにいた庭師は誰かのこだまがくぐもったのだと勘違いした）そして二人は互いに相手の家を目指して駆けていった。

誰もこの入れ替わりに気づかなかったので、二人の少女はそれぞれの家を探検し、それまでフェンス越しに毎日交わしてきた話が正しかったことを確かめていった。二人とも何かを見つけるたびに驚いて目を見張った。

でも、前々から二人が打ち明け話をしているときも呑気《のんき》に昼寝をしていた守護天使たちは、あいかわらずなんにも知らずにいた。

それは初秋の暑い日のことだった。空はどす黒く、地上すれすれに鉛のような分厚い雲がたちこめていた。二人の少女がフェンスで落ち合う時刻になっていたが、どちらもまだ来ていなかった。

その日の午後、トタンの家では息もできないほどの暑さだった。祖父と三人の孫娘たちは川のなかを裸足で歩いて涼をとっていた。十歳の少女は大きな家の庭でいつものように友だちが待っていることを思い出した。約束の時刻は過ぎていたけれども構わない、とにかく行けばい
い。裸の白い馬を見ると、床にあった轡《くつわ》をつけてまたがり、紫檀《したん》の木の枝を鞭《むち》代わりに全速力で駆けだした。嵐が近づき、木々は風に揺れる巨大なハンモックとなり、大きな家の電球にあるフィラメントのような細い光が天を満たし、やがて最初の雷鳴が轟《とどろ》き、次の雷鳴が午後の空をつんざいた。守護天使は目を覚ましていたが、自分が守る少女が嵐の日でも風邪すらひかずに平気でいるのに慣れていたから、今回も雷に打たれないよう守ってあげるだけにした。「白い馬は雷をひきつける」と天使は考えた。「気をつけねば。気をつけねば」

二人の少女はフェンスで落ち合ったが、別れを言う間もなかった。雨があまりにも強く打ちつけ、二人のあいだに重くて分厚いカーテンをつくっていたからだ。

遠くに嵐のなかを駆ける馬の足音が聞こえ、稲妻がひとつ、またひとつ光り、それが集まってぎざぎざの傷みたいな雷となり、火花が飛び散った。

少女は馬を下り、トタンの家の前で気を失った。満潮がすぐそばまで近づいていた。その瞬間、すぐそばに雷の落ちる音が聞こえて、たてがみをぼろぼろにした馬がひと声いなないてから黒い土の上に倒れ込んだ。大きな家では、大昔から避雷針をもつその家では心配無用と考えた守護天使が少女をただ風邪から守ろうとしていたとき、中庭でもうひとつの雷が少女に命中した。

トタンの家のドアの前ではもうひとりの少女が寒さに耐えられず、嵐が過ぎ去ってから昇天していった……。

翌朝、白い馬にのった二人の少女が天国へ行くと、そこは小鳥たちの囀《さえず》りや小川のせせらぎで満ちていた。大きな家も小さな家もなく、トタンも煉瓦《れんが》もなかった。天国はキイチゴやたくさんの果物で溢《あふ》れかえる大きな青い部屋だった。二人は天国の奥へ、奥へと分け入ってゆき、誰にも二度と見えなくなってしまった。

海

El mar

港のそばの漁師町でのことだった。家々の灰色のトタン板が光り出す夕方、ひとりの女が陽の光に手をかざし、ぽっかりと広がる浜辺の彼方を見つめていた。その浜には海と同じくさざ波が立ち、水と同じくらい透明な砂は空の色を映しだした。タマリスクの木々が、深緑色をした毛虫の行列のように、前へ、前へと進んでいた。

女はひび割れた唇を噛《か》んでいた。浜辺は彼女の目がとどく限りどこまでも無人だった。乳牛の群れがベルの音を鳴らして道を横切っていた。ベルをぶら下げていたのは白い牛だった。女は唇を噛むのをやめた。地平線にゆっくりと動く小さな点が二つ現れた。男が二人歩いてくるところだった。

女はその男たちが誰なのか、彼らがどんな服を着ているのかを知っていて、弟のシャツのどのボタンが外れているか、夫のズボンのどこに継ぎが当ててあるかを記憶していた。彼らが遠くからこちらへ歩いてくるのが見えた。風にはためく旗のようなマフラーの色が見えた。あたかも二人の男たちが帰ってきたのを確かめるかのように首を二度、三度傾《かし》げてから、女は家のなかへ入った。その家には近所の他の家々とは異なり、とても小さな庭があって、石と貝殻で囲まれた花壇と二本の丸太のあいだに吊るされたブランコがあった。

近所の子どもたちがこぞってそのブランコで遊んでいたことから、そこは〈ブランコの家〉と呼ばれていた。

台所には煙が立ち込め、壁には煤《すす》が黒々と染みついていたが、女が料理をしているあいだは白く塗ったばかりの部屋のように立派に見えた。

土の道を二人の男たちが次第に近づいてきた。背の高いほうは色黒で、左右そっくりな目をしていた。もうひとりは目がとても落ちくぼみ、片目は陽に焼けて真っ黒だったが、片目は小麦畑のように金色に輝いていた。ドアは半開きになっていて、二人はそのまま台所に入った。すでに食卓の用意ができていた。二人はコートを脱いでテーブルの前に座った。女はせかせかと動き、鍋を火からおろして、棚から塩を取り、ようやくすべての準備が整うと、大皿に料理を盛って、二人の男の正面に腰かけた。彼らは誰も口もきかず、静寂のなかでナイフとフォークが皿に触れる音と、顎《あご》と歯の動く音だけが聞こえていた。

少しすると色黒の男が話をしだした。漁船の話題だった。銀の魚の名前がテーブルの上できらめいた。女が文句を言った。あんたたちはその魚を一度だって持ち帰りゃしない、赤鱈《たら》も黒ニベもみんな売っちまって、あまった魚はぜんぶ海に捨ててくるんだから。金髪の男が微笑《ほほえ》んだ。魚なんてものは猫に食わせるもんだ。イカだの海老だのを食うくらいなら死んだほうがましだね。もうひとりの男が床に唾《つば》を吐いた。口に入れりゃあ、なんだって同じだよ。鶉《うずら》もぺへレイも、牛肉も馬肉もな。沈黙が訪れた。ドアを開けると月のない夜だった。

女は皿を洗ってから、ぐったりとベッドに座りこんで服を脱ぎ、男たちはその様子をドアの隙間から見るともなしに見ていた。彼女は夢の合間に、とてつもなく長い道のりを自分と共に歩く男たちの声に耳を傾けていたが、やがて、息子の揺《ゆ》り籠《かご》に手をかけたまま、ぐっすりと眠りこんでいた。

二人の男たちはなおも台所のテーブルに座っていた。彼らが家を出たのは深夜一時を過ぎたころだった。一丁の拳銃と、懐中電灯と、鍵束をもっていた。盗みに入る家は一か月前に決めていた。周辺を数日間さまよって灯りの消える時刻を見計り、施錠はどうなっているかを確かめ、番犬たちと仲良くなり、庭師に頼み込んで庭の蛇口から水を飲ませてもらっていた。そして、あとは慎重に、月のない真っ暗な夜を選んだのだ。

二人の男たちはコートを着た。その夜は、海と反対方面の丘へと通じる道へと入っていった。五十ブロック以上は歩かねばならなかった。家々の灯りは消えていて、風はぴたりと止んでいた。男たちはゆっくりと歩いていった。近道をしようと藪《やぶ》に分け入った。藪は大きな波のように膝《ひざ》のあたりで彼らの邪魔をし、ときには懐中電灯をつけねばならず、到着までには予定より一時間以上もかかった。目的の家まで二十メートルほどまで来たところで犬が吠えだした。顔が分かるところまで近寄ると、犬はおとなしくうずくまり、伸びをして尻尾を振った。大きな家だった。回廊の鎧戸《よろいど》をチェックしていったが、どれも鍵がかかっていた。家の側面に回廊はない。二人で壁にへばりついて進むうち、鎧戸の一枚が開いていて、カーテン越しにかすかな灯りが漏れて、窓も少しだけ開いているのが分かった。雨水タンクをよじ登ると、部屋のなかが見えた。灯りがついていた。鏡の前でひとりの女が水着を試し着していた。まるで神秘的なダンスを踊るかのように、鏡に近づいては後じさりをし、また近づく、というのを繰り返していた。正面に立ったり、半身になったり。二人の男のうちのひとりが目を閉じた。

女は水着を脱ぐと、ベッドに投げ出してあったネグリジェをとって着直してから、水着をたたんで窓際の椅子《いす》の上に置いた。二人の男たちは息を殺し、女が眠りこむまでおそらく半時間ほど身動きひとつせずにいた。

それから男のひとりが音を立てずに腕を伸ばし、椅子の上にあった水着とボール箱を盗んだ。二人は逃げ去った。ドアを叩《たた》く音が聞こえていた。丘陵の道を延々と歩き、錠前開けも懐中電灯も使わなければ、食堂に侵入して銀器を物色することもなければ、拳銃を構えてドアを開けることもなかった盗みに対する失望を味わいながら、元来た道を引き返した。二人は水着から漂う香水の匂いを嗅ぎ、生け垣の葉を抜きながら、ようやく家に着いた。

音を立ててドアを開けると、すぐに隣の部屋で寝ていた女の姿が見えた。シーツの上から両肩がのぞいていた。

二人は夜明けの鳥の鳴き声を聞きながら眠りについた。

翌日、仕事から戻った女は、例の水着とボール箱のなかにあった水色のドレスを見せられた。女は両腕を突き上げた。そんなもののために夜中の一時に家を抜け出して、わたしをゆっくり眠らせてもくれなかったのか！　彼女はドレスの生地を調べて頭を振った。こんなの、あの子のズボンにもならないわ。まだその水着のほうが暖をとるにはよさそう。男たちは、お前のために盗《と》ってきたのだから着るがいい、と答えた。浜へ連れて行ってやろう、一緒に泳ごう。自分たちは暑さがひどい日はいつだって海で泳いでいる。お前もどうだ？　女はまた頭を振った。彼女は海を楽しいと思ったことは一度もなく、そこはむしろ絶え間ない苦しみの源だった。隣の家の女からも海を勧められた。その女は暇さえあれば朝から海へ行き、昔風の真っ黒なシルクの水着を着て水際を泳ぎ回り、足の指にちっちゃな貝殻や小石や海藻をいっぱいくっつけて上がってくるのだった。それが骨にいいのだと女は言っていた。

男たちは、こいつらは頭がおかしくなったのだと信じた女がようやく頷《うなず》くまで、しつこく詰め寄った。女は水着をスカーフのように頭に巻いた。男たちが彼女の両脇から急《せ》かすように歩いた。とてもよく晴れた朝で、日曜日だった。浜辺に着くと、女はかなり長いあいだためらってから、小舟の陰で服を脱いだ。女を決して海には連れていかず、彼女に気を配ることもなく、ただ食事やなにかを頼むだけだった男たちに、いったい何が起きたのだろう？

女は、水着を着ている恥ずかしさも、波への恐怖も忘れてしまった。止めようもない喜びに誘われて彼女は海を目指した。まずは足先を少しだけ水に浸した。倒れないよう、男たちが両脇で支えてくれた。あれほど逞《たくま》しかった女の足が水を吸ったスポンジのように膨らんだ。男たちは目を見張った。水着など着たこともなかったはずの女が、いまやあの鏡を見ていた女とそっくりに見えた。彼女ははじめて胸元まで海水に浸かり、はじめて海に浮かんだ。大きな波、さざ波、その奥の広大な海、波よけを越えて打ちつけ、船を難破させる、遠くから見ていてあれほど嫌っていた海に。これからはもう怖くない、だっていますでに怖くないのだから、と彼女は思った。

帰途についた彼らを、遠くから赤ん坊の泣き声が出迎えた。女が子どもを抱いてあやした。男たちは、その日、家から一歩も出なかった。かみ合わない口喧嘩が続いた。どす黒い憎しみが二人を覆い、それが荒波のように次第に激しくなっていった。身振りと言葉と体験したこともない静けさが複雑に絡み合っていった。

それからずいぶん経ったころ、人々はブランコの家に悪魔がとりついたと信じるようになった。ブランコには誰も乗らなくなった。ある日の夜、近所の人々は怒鳴り声と何かがぶつかる音を聞き、長いあいだ静まり返ったあとで、赤ん坊とひとまとめにした服を抱えて走り去る女の影を見たように思った。それ以上のことはなにも分からなかった。翌日いつものように、二人の男たちは夜明けから網を持って出ていった。互いを追い越したり、追い越されたり、一言も口をきかなかった。

見えない本の断章

Fragmentos del libro invisible

テグレットの遺跡に近い狼たちの都市でわたしは生まれる前に語りかけた。ある夜、妊娠八か月の母はわたしの声を聞いた。「母よ、わたしはデブラ・ベルハン（光の山）で生まれたい。わたしをそこへ連れて行けばあなたは小さな預言者の母となり、わたしはその母の子となる。わたしの言いつけを守れば、あなたに天の恩寵《おんちょう》がもたらされる」

生まれる前の言葉については霧のなかのぼんやりした思い出しかない。花々や賛歌の祝祭が時の経過につれてこの思い出を華やかにする。

旅は長くて危険であったが、怖いもの知らずの母は、目にシャドウを塗り、髪を乳脂に浸して蜂の巣のように高々と結い上げ、ありとあらゆる腕輪をぶら下げ——朝には鏡の代わりをしてくれた――裸足《はだし》にいちばん上等な服を着ると、わたしの声に従った。巨大な松明《たいまつ》のような夏の太陽が人々を焼いていた。母はわたしを愛するが故に死なずに旅を乗り切った。

母が旅のあいだに擦り切れた服と（重度の熱病と黒いつやのある肌に現れた薔薇《ばら》の形の発疹と共に）形見のように大切にしていたこの物語はわたしの説明を要した。「あのような辛い旅をあなたに命じたのは虚栄心ゆえではない。生まれる前におなかにいたわたしの声がもし聞こえていなければ、デブラ・ベルハンにもし来ていなければ、あなたはわたしの母ではなかったはず。これはあなたの魂には不快な話だが、わたしの尊大さは揺るがない。わたしはあなたのものをこの世でたくさん集めて天に運ばねばならない。

木やキリンを見つめること、雨や火の匂いを嗅ぐこと、ハイエナの高笑いに耳をすますこと、太陽や月をうっとりと眺めること、そういったことが大切とは思えない。そのような知覚の瞬間になにを失いなにを得ているのか、わたしたちが知ることは決してあるまい。わたしが生まれる一か月前の夜にあなたが夜明けの歌を待っていなければ、あなたが姉たちと同じように眠りこけていれば、あなたは腹のなかにいたわたしの声を聞くこともなかった。あなたは運命に従順で注意深かった。幸福とはそのようにして手に入る」

＊＊＊

わたしの赤馬は、川へ水を飲ませに行くと、蛇を追い払ってくれる。

わたしは寝るのに屋根を必要としない。嵐の日には岩穴や絡み合う枝葉がわが隠れ家となる。わたしの栄養源は果物と草と根である。夕暮れと夜明けの空と同じように、わたしの顔は二度と同じではない。

わたしはわたしのことを知らない。わたしが知るのは他者、このわたしのことを知っている人々だ。

牧童たちのなかにはわたしを長くてつややかな髪の怪物だという者もいる。気押されるほど尊大な美の持ち主だという者もいる。目は深い青色だという者もいれば、ぼやけた緑色で眼窩《がんか》深く落ちくぼんでいるので一定の時間帯にしか見えないという者もいる。わたしの瞳はわたしの熱を共有する生き物の顔だけを映し、そうでない生き物はわたしの瞳に骸骨か猿が映っているのを見る、という者もいる。

嘘が恐怖を呼び、恐怖が嘘を呼ぶ。

わたしは死者とアビシニアの植物と獣と鉱物の言葉がわかる。わたしは二冊の書物を編纂《へんさん》した。見えない二冊の本の言葉はすべて、インクと紙とペンに頼ることなく、わたしの記憶に刻んだ。インクと紙とペン、思考を固定し捻《ね》じ曲げるあの不気味な道具たちをわたしは嫌悪する。あれら変身と協調の敵たちを。

わたしの言葉を紙に写そうとする者はそれらの言葉を破壊することになる。世界はわたしではなくその者を笑うだろう。私の本は紙にしたとたん一握りの塵《ちり》ほどの価値もなくなるだろう。

わたしは十二歳で『闇の本』と題する一冊目の書物に着手した。ときには絵を描く木や石や地面にも、わたしは自らの思考のただひとつとして書き記したことはない。はじめは文章がゆっくり困難な道をたどってわたしの頭のなかで形成される。それらが記憶に根付くとすぐ母に繰り返し唱えさせていた。やがて大人になり弟子がその役を務めるようになったが、彼らはときとして間違いを犯す。こうした間違いはいまなおわたしを楽しませてくれる。間違いに合わせて自らの文章を修正するのだ。

＊＊＊

記憶は無限だが、記憶を修正する創作は迷宮の小道のごとくよりいっそう果てしがなく、気まぐれでもある。わたしの弟子たちは記憶を想像で置き換えようとする。

目下わたしが編んでいる二冊目の——終盤にかけては自伝になる——書物の題は『見えない本』という。日に編むのは多くて九文、最低三文以上。最初のうちはきっかけになるモノや場所に頼る必要があった。石について語るなら石を長い時間手にせねばならなかった。岩穴を語るのであればそこに何昼夜も留まり刻一刻と変わる光の加減を観察した。湖の水を語るときはその畔で暮らした。弟子の誰かについて語るなら何時間も彼と過ごし、その声を聞き、彼の文構造や間違いの形式を学び、彼の幸福や悲しみの表情を観察した。

音、形、色、芳香に宿る無数の神々をわたしは信じる。

ほかに比べて大切なものなどなにひとつない。

誰を驚かすつもりもなかったが、わたしの態度のいくつかは人を怯《ひる》ませた。

わたしは花をとり、香りを嗅がずに耳に近づけ、震える弟子を前にこう言った。「この花の鼓動の音があなたがたの鼓動の音と同じように聞こえる。あなたがたが神の恩寵を求めるようにこの花は水を求め、あなたがたの声はこの花の声と同じくか細い。わたしがこの花に耳を寄せるように神もあなたがたに耳を寄せねばならないが、そんなことをしてくださる神はどこにも存在しない。

花々には、わたしの母が九つのときにペルシアで耳にしたバイオリンのように、神秘的で繊細な声がある。あなたがたには聞こえぬのか？　花々や自然をかたちづくるあらゆる要素にはかすかな声がある。空間はこれらの声で編まれている。究極の静寂などあり得ない。どんな暗黒の夜にも、わたしたちの耳は必ずや遠いざわめきを捉《とら》え、微小の声が無数に飛び交っているのを知る。この世でかたちづくられるあらゆる思考はそれらの声のなかに震えている。耳をすませば石のなかに時の経過を聞きとることができる。雨音から原初の人間たちのためらいがちな会話が聞こえてくる。ある種の植物からは古代の女たちが秘密を練り上げる声が聞こえてくる。海の波が砕ける音からはいくつかの歴史的事件を説明する声が聞こえてくる。ある種の雲雀《ひばり》たちはわたしたちに近未来の予言を運んでくる。そうした声すら聞こえないあなたがたの声をどうして神が聞けようか？」

わたしはときどき会話のなかで、弟子たちに、目を閉じて闇を学ぶよう促していた（これはわたしたちの日々の修行のひとつだった）。最初は辛かった。閉じた目、わたしたちの閉じられた目のなかの住処《すみか》はまばゆい世界で、花や鳥や人の顔や景色などぼんやりとした形で溢《あふ》れていた。弟子たちはこれらの世界をひとつずつ詳細に再現せねばならなかった。正確な描写は困難を極め、ほぼ不可能に近かった。とめどなく変化するイメージが介入し、最後にはいつも夢が邪魔をした。『闇の本』には、弟子たちがわたしに伝え、わたしが長い瞑想《めいそう》のなかで研究を重ねた千を超す詳細な図、千を超す異なる形が現れる。わたしたちは各自が闇のなかで見る形を同じにしようと試みたが、無駄に終わった。

弟子のひとりは、目を開けたとき、彼の闇の領域で生まれた黄色い草をわたしの手のひらに見つけた。彼だけが闇のなかでその花を目撃し、彼だけがわたしの手のひらにその花を見出した。これはおそらくわたしが生きていたあいだに成し遂げたもっとも意図せぬ奇跡であった。現実世界に転移させるのであれば、なぜ元の姿を誰も知らぬあのようなちっぽけな草などではなく、人の顔や、あの青い岩穴のある庭や、あの燃え上がる大洋を選ばなかったのだろう？

この草の名は〈金色の植物〉という。風がその種をレバノン山とダマスカスへとつながる小道へと運ぶだろう。五月には花を咲かせ、日中は姿が見えないだろう。金属を変質させるこの植物の種を錬金術師たちが探し求めることだろう。

わたしは長く生きてきた。あまりに長く。わたしは弟子たちの死を見届けるだろう。いつか生のかなたに広がる領域へと足を踏み入れるだろう。わたしは死ぬ前にその領域を訪れるだろう。わたしはそのために学んできた。

いちばん若い弟子のレブナは慎み深い男で、自らの死を節度をもって考察した。彼の変化に気づくのは難しかった。彼は草むらで左腕を枕にうつ伏せで寝ていた。何人かが証言しているように、このときわたしが鳥たちにつかのまの沈黙を命じ、喪のしるしとして夕暮れの最初の星を大きくした、というのは確かなことではない。

「日没は夜明けほど痛ましくはない。あなたの誕生に悲しまなかったわたしがあなたの死に悲しむ理由はない」彼の声という打てば響くこだまを失ったわたしのその声は、いかにも虚ろであった。わたしたちが発する言葉には常に疑問符がついている。答はそれを聞く者の耳のなかにあり、答える言葉のなかにあるのではない。わたしは沈黙という名の空虚な寺院に痛みを抱えて足を踏み入れた。

思えばあのころのわたしは若かった。これらの言葉を終えたら、あとはあのなにもない場所へ行く時刻を決めるだけだ。時刻とは建物なき場所に立つ家である。時刻とは孤立した場所にいる人である。真昼は塔のように百の鏡をきらめかせていた。真夜中は美しくも悲嘆に暮れる百人の若者のごとく微動だにしなかった。

「最初の星が現れるときあなたはわたしに会いに来るだろう。レブナよ、包み隠さず話すがよい。死者の王国ではあなたは大人ではなくまだ子どもなのだ」わたしはこんな言葉でレブナに呼びかけた。

彼は最初の星の光を辿《たど》ってこの世の薄紅色をした霧のなかへやってきた。彼は無人の広場のベンチに腰かけていたわたしの隣に座って言った。

「死でただひとつ恐ろしいことがあるとするなら、いつ死ぬかわからないということです。私の旅、もうひとつの世界への旅について、いったいあなたに何を語ればいいでしょう。扉をたくさん通りました。質素な扉、心を動かされる扉、あるいは金細工を施し宝石をちりばめた破廉恥な扉もありました。氷のように透明な扉もたくさん通りました。そのガラスのなかには人間には見ることのできない様々な色が見えました。とてつもなく高い扉、静かな扉、藪《やぶ》で覆われた扉、果物の扉、鳥たちのゆらめく羽根に彫刻の施された木材が真っ赤に染まる扉。たくさんのおぞましい扉——極小の扉もあれば、鉄やブロンズのノブをもつ扉や、真ん中に鉄輪を噛《か》む獅子のいる扉もありました——それらを通り抜けた先には種類の異なる様々な建物やモノで満ちたもうひとつの世界があったのです。ベッド、額縁に入った絵、家具、アーチ、像、柱、東屋、小さな模型、鞭《むち》、打楽器、幕屋、光輪、剣、飾り天蓋《てんがい》、魔法のランプ、トランプ、アストロラーベ、女人像柱、世界地図」

＊＊＊

レブナはわざとらしく思えるほど自然に語り続けた。

「最初は安売りの家にでも来たのかと思いましたが、そこには庭も森も湖もありました。そこは美しいと同時に恐ろしい場所でした。いくつかのモノはあなたの言葉を聞いて想像していたのとそっくりでした。他のモノについても、あなたのおそばで天の考え得る限りの複雑さについてもっと時間をかけて瞑想《めいそう》していれば、きっとあらかじめ思いついていたことでしょう。それ以外は私には思いもよらぬものでした。あなたが嫌がりそうな光景だったからです。あちらでは、この世では金でできているように見えて実はそうでないものが、すべて金なのです。たとえば日に照らされたエニシダの葉や、いくつかの動物たちの毛皮。この世では銀でできているように見えて実はそうでないものが、あちらではすべて銀になります。たとえばレバノン杉の枝葉や夜の沼の水面。しかしなによりも素晴らしいのはモノの豊富さと領域の随所から聞こえてくる甘美な音楽です」

「レブナ、あなたは死んだ今になっても、生きていたころにそっくりだ」とわたしは彼に答えた。「あなたはモノが好きだった。あなたは鳥の羽根や乳歯を集めていた。小石を集めては掌で擦って磨き上げネックレスにしていた。あなたは蛙の合唱に聞き惚《ほ》れていた」

「あなたが死んだのは夢だったのだろうか？　あなたの言うことには驚かされる。あなたが語った扉は裕福な人々の家の扉のようでわたしは嫌いだ。わたしが扉に特別な思い入れなどないことはあなたも知っているだろう。わたしは常に野外で生きてきた。わたしが身を寄せてきた岩穴や草むらに扉はない。この世にあってあなたが美しいと感じていたのはわたしの嫌いなものだ。しかしながら、わたしはあなたの言葉をあまり信用していない。あなたはよき観察者であったためしがないからだ」

「たしかにあなたはいつも、私には観察眼がないとおっしゃっていました。あなたは私の嘘を大目に見てくださり、しばしば私の想像について語っておられました」

「天では、私が天にいるとしての話ですが、そのような観察眼は要りません」とレブナは言った。「嘘を言っているわけではありません。あちらでは火に触れることができますが、これは嘘ではありません。時には太陽の果実に見える炎の中身をあちらでは味わうこともでき、それはもっとも高級な蜂蜜を凌《しの》ぐほど美味なのですが、これも嘘ではありません。オレンジ色、青色、スミレ色、燃え盛る炎をまるで花束のように束ねることができるのです」

「果物はそれを口に含む者の欲望を察知し、その者の味覚にだいたい合わせて甘くもなれば酸っぱくもなります。見つめる者を喜ばせる形状に変化もします。いくつかの地域では春が永遠に続き、ミルクや蜜や酒の川が流れ、その味は花の味と同じく決して変わることがありません。一万の庭を同時に照らすことのできるランプがあります。ホタルか指輪の宝石のように小さなランプです。喉《のど》が渇くことのない青の洞窟《どうくつ》や、螺鈿《らでん》で覆われた波のへりで善良なセイレーンたちが歌うのどかな海があります。この世における病がそうであるように健康状態も変化に富みます。無痛状態にも様々な度合いがあります。庭の小道に敷き詰められたすべての石の裏に極小の庭がいくつもあります。それら何百万もの様々な庭に立ち入ることは決してできません。水滴一粒のなかに星の瞬《また》くもうひとつの極小の夜があります。こうした美しいものは見ていて飽きることがありませんが、おぞましいものもあり、これらについては慎重に描写せざるを得ません。たとえば脚が六本、翼が四つあるオレンジ色の鳥には顔も目もありません。帝国のように巨大な菊の花があり、花びらのうえを何千もの人が歩くことができます。思考は蝶のように舞います。透明な石のように硬い水をたたえた湖があります。人の顔をした犬と木のような羊がいます。触れても手が決して濡れない水が湧く泉と、柔らかい羽根の生えた木があります。氷の家具をもつ氷の家があります。砂糖粒と同じくらい小さいのに本物よりも明るく光る太陽があります」本物のクイーンを抱く真珠のチェス盤があり、二万本の羽根で二万曲の歌を奏でる機械仕掛けのカナリアがいます。

わたしは彼の話から『闇の本』に点在する二十の形を見出した。それらの形は見えるとすぐにほかの無数のモノたちに紛れて消え失せた。ほかにもこの世の誰もが欲しがるつやつやの羽根や、穴を穿《うが》たれた石、雪の色をした乳歯がいくつか見えた。

ああ兄弟たちよ、ため息をこらえるのだ。失われたモノや死んだ人間を思って喪に服してはならぬ。草はいつか枯れ、花はいつか落ちるが、思考は永久に続く。

死者の多くは地獄に着いて天国に来たと信じるであろう。これは神の慈悲がなせるわざでもなければ、われらを安逸と物質的華美で満たすことで魂から清らかさを奪う悪魔の所業でもない。過ちが人の性《さが》であるがゆえに起きることなのだ。

＊＊＊

冬の夜に最年長の弟子ナスタセンが死んだ。陰った木立ちが彼の死を伝えてくれた。わたしは彼の姿を遠くで思い浮かべた。想像のなかの彼の髪は血で染まり、足もとには一頭の虎がいた。わたしたちは湖の水面に浮かぶ彼の亡骸《なきがら》を見つけた。そこは彼が夏の月明かりのもとでよく泳いでいた場所だった。虎が彼を傷つけ、瀕死《ひんし》の彼は湖で傷口を洗おうとしたのだ。

鳥たちが囀《さえず》りだす夜明けのもっとも白い時刻、風の羽根でくるまれて、わたしはナスタセンを呼び出した。

彼は夜明けの光を辿ってわたしのもとへとやってきた。

わたしたちは橋の欄干にもたれて水面を見つめて語りあった。彼の穏やかで聞き心地の良い声が闇を裂く光線のように立ち上った。

「扉をたくさん通りました。質素な扉、枝葉で覆われた扉、薔薇で覆われた大理石の扉、金細工を施し宝石をちりばめた扉、あるいは透明な扉。そのガラスのなかに人間には見えない様々な色が見えていました。静かな扉、とてつもなく高い扉も」

ナスタセンの描写のなかに、わたしはレブナが話していた扉を多く見出した。ほかは聞いたこともない置かれたばかりの扉だった。彼はそのうちのいくつかで絵の具か木材の新鮮な匂いを嗅いだという。ごみくず、井戸、文鎮、東屋が積み重なっていたという。わたしの母がつけていたのと同じ腕輪や、庭でわたしの母が水をやっていたずっしりと重みのある薔薇の花も見たという。わたしの母の思い出にあったペルシアのバイオリンのように甘美で胸を打つ音楽が聞こえたという。

レブナとナスタセンが地獄にいるのなら、わたしも同じ運命を甘受することにしよう。

わたしは死につつあるが思考をしている。じきに死に、そしてなおも思考を続けるだろう。天と地獄は、人が地上で有していたモノと、感覚と、思考によって構成される。それらのモノとそれらの思考とそれらの感覚がその無限の場所における未来を決めるだろう。

空間に吊るされた横糸よ、現在を未来へ、そして過去を未来へつなぐであろう輝く卑しき布よ。あなたの最初の糸はどこで生まれたのか？　われらはどこかの神の夢に過ぎぬのか？　われらはただひとつの柱状の階段なのか？

＊＊＊

レブナ、ナスタセン、アルダ、ミゲル、アラリア、わが弟子たちよ。わたしは智恵《ちえ》のつぼにこの唇を無駄につけた。澄み切った水のなんと苦いことか。

母は不思議な消え方をした。母のことは弟子たちのように呼び寄せるまでもない。わたしから訪れることになろう。母には二度と旅を求めるつもりはない。いまのわたしは、母の腕輪と、薔薇と、記憶のなかの音楽が、なぜもうひとつの世界にあるかを理解する。

わたしたちはきっと生まれ変わるだろう。そしていつかわたしたちが地上で考え行なうことのすべては、過去に誰かがすでに考え行なってきたことになるだろう。そしてそのときはじめてわたしたちは、死すべき定めの人間がつくりあげてきたその場所が天なのか地獄なのかを知るだろう。

デブラ・ベルハンで生まれることをあれほど切望したわたしがいまこの手に握っているのは、土、いくつかの闇の形たち、一本の草、腕輪、わずかばかりの果物と花々だ。何世紀もの歳月がわたしの本の言葉を塗り替え、新たに大量のモノを生み出して幸福や痛みを練り上げるまでには、いったいどれほどの時がゆっくりと流れるのを待たねばならぬのだろう。

わたしが闇のなかでイメージを見たように神はわたしを見るだろう。神にとってわたしは他のイメージと見分けがつかぬだろう。わたしとは、弟子たちや母やわたし自身を封じ込めたわたしの本の、絶望的な続編なのである。

わたしはレブナ、わたしはナスタセン、わたしはアルダ、わたしはミゲル、わたしはアラリア、わたしはわたしの母、わたしは蛇を追い払う馬、わたしは川の水、わたしはナスタセンを食った虎と血の恐怖、わたしはわたしの閉じられた目の奥で千々《ちぢ》に輝く闇。

金色のウサギ

La liebre dorada

真昼間、太陽は、聖書の大虐殺の挿絵のように、その子を赤く照らしている。どのウサギも同じだったわけじゃないの、ハシント、毛並みのことを言っているのじゃない、信じて。その子がほかと違っていたのは目が石英みたいに真っ白だったからでも、耳がおかしな形をしていたからでもなく、それは私たち人が個性と呼んでいるものを超えたなにかだった。ウサギの魂は何度も生まれ変わっていたから、神や何人かのいたずら好きの天使と示し合わせて、好きなときに、姿を消したり現したりすることができた。真昼になると、野原のいつも同じ場所で五分間、立ち止まって、耳をぴんと立ててなにかに耳をすませた。

小鳥たちが逃げ出す滝の轟音《ごうおん》にも、凶暴な猛獣すら怯《おび》える森がパチパチ焼ける音にも、ウサギは目の色ひとつ変えなかった。先史時代の生き物や、枯れ木のような神殿に満ちていた世界の気まぐれな物音、勝ったと思った瞬間には新たな敵が現れる無数の戦乱の轟音を耳にしてきたウサギは、より気まぐれで、より鋭い生き物になっていた。ある日、いつものように太陽が木々のてっぺんまで落ちて影をさすこともなくなる時刻、ウサギは立ち止まり、野原を狂ったように走っていた一匹の、いや何匹もの犬の吠える声を聞いた。

ウサギは一度ぴょんと跳ねてから、道を横切り、野原を駆けだした。犬たちはそのあとを慌てて追いかけた。

「これからどこへ行くの?」ウサギが稲妻のように轟《とどろ》く声で尋ねた。

「お前が死ぬ場所までさ」犬たちが犬らしい声でわめいた。

これは子ども向けの話じゃないのよ、ハシント。きっとホルヘ・アルベルト・オレジャーナの影響ね、ホルヘは七歳の男の子で、いつも私に物語を聞かせろとせがむの。私は彼が気に入りそうな犬やウサギの言葉を聞かせてあげるの。ご存知のように、ウサギという生き物は、ものを言わない相手を前に黙っている限り、神と天使の仲間でいることができる。

犬も悪い子たちじゃなかったけれど、このウサギを殺すまで追いかけると誓ってしまっていた。ウサギは生い茂る葉がさくさくと音を立てる森に分け入った。柔らかい草がそっと沈む草原を横切った。四季を象《かたど》った四つの像がある庭園を横切った。花盛りの広場のテーブルでは人間たちがコーヒーを飲んでいた。ご婦人方はカップを置き、テーブルクロスや、オレンジや、ブドウの房や、プラムの実や、ワインのボトルを次々にかっさらっていく、荒っぽい追いかけっこを見つめた。先頭には弓矢のように素早いウサギ。二番手は毛のない犬、三番手は黒いグレートデン、四番手はまだら模様の犬、五番手は牧羊犬、びりはハウンド犬。犬たちはウサギを追いかけて五度広場を横切り、そのたびに花々を踏みつけた。二周目でウサギは二番手になり、びりはやはりハウンド犬だった。三周目でウサギは三番手になった。追いかけっこは続き、もう二周すると、びりはウサギになっていた。犬たちは舌を出し、目を細め、懸命に駆けていた。その瞬間、生き物たちは輪になって、それから速度を増したり減らしたりするにつれて、輪も大きくなったり小さくなったりした。黒いグレートデンはクッキーのような食べ物をくわえ、追いかけっこが終わるまでそれを口に入れていた。

ウサギが犬たちに大声で言った。

「そんなに走っちゃだめ、だめだってば。これは散歩なのよ」

でもウサギの声は風の声みたいだったから、犬たちには聞こえなかった。

犬たちは散々走ったあげく、疲れ切り、死にそうになって地面に倒れ、真っ赤な雑巾みたいな舌を垂らした。ウサギは稲妻のようにそっと彼らに近寄ると、鼻にのせてあった湿ったクローバーの葉を、犬たちの額にそっとのせてやった。犬たちが我に返った。

「冷たい水をおでこにかけてくれたのは誰？」いちばん大きな犬が尋ねた。「どうして飲みものをくれたの？」

「髭《ひげ》で撫《な》でてくれたのは誰？」いちばん小さな犬が尋ねた。「蠅《はえ》かと思ったよ」

「耳を舐《な》めてくれたのは誰？」いちばん痩《や》せた犬が震えながら尋ねた。

「命を救ってやったのは誰？」ウサギが四方を見渡しながら叫んだ。

「なにかがおかしいな」まだら模様の犬が前脚を入念に舐めながら言った。

「僕たち、なんだか数が増えたみたいな気がする」

「それは僕たちからウサギの匂いがするからさ」毛のない犬が耳を掻《か》きながら言った。「前にもあったよね」

ウサギはいまや敵たちのなかに座っていた。犬と同じポーズをとっていた。ウサギ自身、自分が犬なのかウサギなのか、一瞬、疑ったほどだ。

「こっちを見ているその子はいったい誰？」黒いグレートデンが片耳だけ動かしながら言った。

「僕たちの誰とも似ていないね」毛のない犬があくびをしながら言った。

「誰でもいいけど、もう疲れちゃって見ていられない」まだら模様の犬がため息をついた。

そのとき彼らを呼ぶ声が聞こえた。

「ドラゴン、ソンブラ、アヤクス、ルロン、セニョール、アヤクス」

犬たちは駆け出し、ウサギだけが野原の真ん中に一瞬だけ取り残された。ウサギは、まるで媚薬《びやく》でも嗅ぐように、二度、三度、鼻をぴくつかせた。神か、神のようななにかに呼ばれたウサギは、その不死身の正体を現すかのように、一度ぴょんと跳ねてから、逃げ去った。

続き

La continuación

寝室の棚に、薬手帳と、シルクのハンカチと、あなたから借りた金がある。母にはわたしのことを話さないで。エルナンにも。彼が十二で、わたしの生き方にあこがれていたのを忘れないで。ナイトテーブルの灰皿のそばにあるペーパーナイフはあなたへのプレゼント。新聞紙にくるんでおいた。自分のもの以外はなんだって気に入らないあなたはこれも嫌っていた。自分のペーパーナイフがよかったのね。

わたしはこの国へは二度と戻らない。あなたには不可解で不条理にすら思える行動でしょうね。こうして言い訳したところで、やはり筋が通っていないように思えることでしょう。それでもかまわない。もうどうだっていい。貞節はわたしにささやかな習慣を残した。その最後のあかしが、このはっきりさせにくい状況をこれから何枚も費やしてあなたに説明せねばという、この切羽詰った思いに少なくとも現れている。まるで許し難い間違いだらけの馬鹿げた作文を書いて、それをいっこうに修正しようとしない怠《なま》け者の学生になった気分。あなたはわたしがあなたの仕事に抱いたような興味をわたしの文学の仕事に抱いてはくれなかった。あなたの仕事の同僚がどれほど誠実で献身的であろうとも、わたしが彼らをどう思っていたかはあなたもよくご存知ね。彼らが集まったときのいやらしい話にはうんざりだった。わたしは人に厳しすぎるとあなたは言う。たしかにあなたは彼らより上だった。たとえば感受性がずっと豊かだという点で。でもそのことはわたしが求めている最低の美徳ですらないことをあなたは知っている。あなたはあの人たちより優れているとわたしが言ったところで、あなたは嬉しく思わないでしょう。わたしの考え方があなたをわたしから遠ざけ、文学に関するあなたの無関心がわたしをあなたから遠ざけていた。花でも音楽でも、どんな話題でもわたしたちはいがみあった。アザレアの名前をはじめて知った修道院食堂の図版をあなたは覚えているでしょうか？　ブラームスの「悲歌」を、モンテヴェルディの「マドリガーレ」をあなたは覚えているでしょうか？　わたしたちの言い争いの種になったすべてのできごとを覚えているでしょうか？　ある日、植物園であなたが放ったわざとらしい一言「花は嫌いだ。考えてみたら生まれてこのかた好きになったことは一度もない」もふくめたあらゆることをあなたは覚えているのでしょうか？　わたしにいちばん関心のあること——いかにして書くべきか、いかなる文体で書くべきか、いかなるテーマを探求すべきか——などは、あなたには決して理解できない、不条理にすら思える些事《さじ》にすぎなかった。もちろんわたしは満足のいく結果を出せなかった。これに対して、仕事を達成したときのあなたは満足げで、それはときに羨《うらや》ましくなるほど軽薄な一種の威厳をあなたにもたらしていた。あなたは不自由と面倒に耐えていたけれど、わたしよりはずっと幸福だった。喉《のど》が渇いた犬のようにやってくるあなたの喜びに満ちた顔が、少なくともそのことを雄弁に物語っていた。わたしは疑いと不満を抱えて生きていた。仕事から戻ればいつも本のなかに逃避した。まるで毛色の異なる作家たち、正反対の性格の作家たちを同じように好んだ。あんなに入念につくられた世界があるとは。あんなにも雄弁で、魅惑的で、機知に富んでいて、いかにも自然で、精密で、自由な世界があるなんて。

わたしは思いついたあらすじを友人たちに話し、その表情から彼らが感動していなければ興味すら抱いていないことを知った。わたしが語り始めたとたん、彼らは暑くて、あるいは寒くて息もできないとか、電話をかけねばとか、大事な仕事を忘れていたとか言い出すのだった。たまに聞いてくれることもあったが、そのふりをしているだけだった。彼らの職業的無関心は、あなたの無関心よりずっと悪質なものだった。わたしも彼らと心を通わすことはできなかった。

なぜあんな話を思いついたのか？　なぜあんな話の虜《とりこ》になったのか？　自分でもよくわからない。何度も書きだそうとした。最初は主人公の名前が思いつかなくて頓挫《とんざ》した。一月、エレナが例の失神騒ぎを起こして、わたしたちが島から幸運にもボートでクラブまで引き返したとき、わたしは最初の数段落に着手した。うちのいくつかをこれからあなたにも読ませてあげましょう。書き始めたときは興奮し通しだった。週末、外で遊ぶのが気持ちのよい日でも、あなたたちと泳いだりボートを漕《こ》いだりする代わりに、わたしは紙と沈黙の世界に逃避し、そこでわたしの人生をかけた文学的問題にのめりこんだ。あなたたち、あなたとエレナは、そんなわたしのことを皮肉っぽい目で見ていた。わたしが狂いかけているのではなく、敢えて狂うことで人を苦しめようとしていると考えたのだ。あなたは立ちのぼる煙草の煙の向こうからわたしを憎らしく見つめ、つきまとう犬の頭を撫《な》でていた。いつもあなたを待ち構えていたあの犬には飼い主がおらず、きっとあなたのものになりたかったのだ。わたしはあなたやエレナを見つめるより、風景を観察していたかった。あなたは何度も、絵でも描いているのか、とわたしに尋ねた。わたしが執筆する際の頭の動かし方が画家のそれに似ていたからだ。他の人からも指摘されていたが、あなたに言われると頭にきた。立ちのぼる煙草の煙の合間からあなたはわたしを蔑《さげす》むように見つめた。だがそれは無理してつくった蔑みの表情だった。なにがわたしたちを結びつけていたのかはわからない。不愉快なものでなかったはずはない。わたしの仕事に対しあなたはなんの敬意も示さなかった。あなたはよく言った。人類の幸福のために働くべきだ、そんなのはただの作り話であって、浅ましい「金儲け」の手段ではないかと。わたしはあなたの口調とその低俗な言葉遣いに驚いた。あなたは分別もなく、あまりにも無邪気に言葉をつかう。わたしがあなたを許していたのは、それが、わたしを挑発しようという、あなたなりの愛情表現であることを知っていたからだ。ときにはあなたが正しいと思うこともあった。実際にはそうでないのに、他の人たちのほうが正しいと思うことが、わたしにはよくある。

あなたも覚えているでしょうが、わたしが物語を書き始めたのは一月だった。わたしの記憶にある限り見た目にはもっとも美しかったその夜、わたしたちはデルタの保養地の草地に朝の五時まで寝そべって、あなたの誕生日が明けるのを待った。わたしたちは夜が明けるのを見た。あなたが抱えている問題について話し始めても、わたしはほとんど耳を貸していなかった。頭のなかで文章を組み立て、ときどきそれをエレナからもらったノートに書き留めていた。あなたが逐一報告してくれるものだから、船が通過するたびに水面で揺らめく星明りも見ていなかったし、夜明けの最初の光も、あなたが言うには巨大な蝙蝠《こうもり》のようだったらしい雲も、わたしは見てはいなかった。わたしは孤独を求めていた。あなたに気を逸らされたくなかった。すべてを自分ひとりの力で見つけたかった。自分に課したつかの間のルールに従い、精神のなかに、人物や状況や背景をつくりだしていくという、あの抽象的な快楽にすっかり夢中になっていた。けれどもあの光景は物語の出発点として役立ってくれた。わたしはゼロから風景を描出するのが昔から苦手なので、このときも眼前の光景がきっかけになってくれた。その同じ時刻、そこと似たような場所で、レオナルド・モランは別れの言葉を書き始め、どうして自殺を思いついたのか語る。決断のきっかけはなんだったか？　それは結局うやむやにした。どう書いても、表面的で退屈に思えたからだ。彼の最大の不幸はその精神状態だった。多くのことがモランを阻《はば》み、彼を生につなぎ止める。目的を遂げるには、周囲にある様々なものを瓦解《がかい》させ、結果として彼を生に引き止めるものが一切なくなるようにせねばならない。愛情も、人への執着も、なにもかも。何枚もの紙を破り捨て、もちものを処理し、人からの愛情を拒絶した結果、生はずいぶんと軽いものになる。雨にぬれた中庭の赤いタイルを見ても、ほろりとしたりすることはない。仮にあったとしても心は穏やかだ。秋空が映えるガラス窓や朽ちた彫像を見ても、もはや彼の心は動かない。仮に動いたとしても単に愉快になるだけだ。人は記号と化し、ただ絵のように見分けがつくだけ。心を惑わす執着の念も胸から消えうせている。

わたしは母の胎内にいる子どものように、自分がつくりあげた人物のなかで生きていた。わたしはレオナルドから栄養を摂取していた。実際、彼に比べたら、自分自身のことはどうでもよかった。わたしやあなたの身に降りかかることよりも、レオナルドの身に降りかかることのほうで頭がいっぱいだった。街を歩いていても、あなたとではなく、レオナルドといまにも出くわすのではないかとばかり考えていた。レオナルドの髪、レオナルドの目、レオナルドの歩き方にわたしは恋をしていた。あなたにキスをするときは、レオナルドの唇を思い浮かべ、あなたのことを忘れた。レオナルドの手は肌触りこそあなたにそっくりだったが、形はより完璧だったし、色は違ったし、わたしがあなたにプレゼントしてあげたくなるような指輪をはめていた。わたしの夢は目に見えるイメージではなく言葉、目が覚めると消えてしまう文章で満たされていた。

職を失ったレオナルド・モランは、最後に残された恋の絆を断ち切るべく、ウルスラの写真に問いかける。**僕たち二人の運命をねじ曲げ、もつれさせ、そして敢えていやな男になって君から軽蔑され、拒否され、別れるだけの勇気が僕にあるだろうか？** 写真は返事をする。ウルスラの口が開いて、とても笑えないような言葉を発する。わたしは、自分の書いた文章の喜劇的なまでに気高い調子が嫌になり、また誰かの盗作をしたような気がして、ここで物語を中断した。おそらく生のほうがわたしをより執拗《しつよう》に求めていたのだろう。

書きたいときにも邪魔が入るようになった。ウルスラとレオナルドは忘却の縁に沈んだ。靴の買い物、散乱する蔵書、もっとも縁遠い友人の訪問など、ごくありきたりのことに、ことごとく邪魔をされた。生が、その魔法のような陳腐さと、その取るに足らなさと、その情緒によって、またもやわたしの注意を引きつけるようになっていた。じめじめと薄暗い地下室から出てきたかのように、わたしは世界に帰還した。わたしはあなたに、光で目が眩《くら》みそうだ、と言いたかった。それほど光というものから遠ざかっていたのだ。わたしはあなたに、藤色にきらめく青空を見ていると目が痛くなる、と言いたかった。

まさに幸福と誠実の瞬間が訪れた。あなたにとってもそうだったのかはわからない。でも幸福は毒と化した。あなたがわたしに与えるものとわたしがあなたに与えるもの。この二つを自分に都合のいいように秤《はかり》にかけ、いつも自分のほうが多いと思いたがるようになった。わたしの愛は狂気の兆候をきたすようになった。あなたは本当に浮気をしていて、わたしの絶望にも根拠があったのでしょうか？　そういうことは往々にして、ことが済んでから、つまり自分がその当事者でなくなってはじめてわかるものね。わたしはあなたのことを、まるで自分のもちものであるかのごとくに愛していた。人はだれの所有物でもなく、また対象が人に限らず所有という行為はすべからく虚しい病なのだということも忘れて。レオナルドがウルスラを愛したように、わたしもまたあなたをわたしだけのものにしたかった。わたしはこの血管を流れる嫉《しっ》妬《と》深く独占欲の強い血を憎んだ。銀板写真に写った父方の祖父の謎めいた表情を内心で毒づいた。わたしのあらゆる罪と過ちの根源であるような気がしたからだ。わたしはあなたを憎んだ。なぜならあなたがわたしを普通に、自然に、なんの不安もなく愛したからだ。あなたが他の人々にも同じように目を向けたからだ。わたしはあなたが調達できなさそうな額の金を貸してくれと迫った。わたしたちの会話の詩情を散文的ななにかで破壊したかったのだ。あなたが寝ているあいだにナイフを突き刺すとか、瞼《まぶた》を焼いてもよかったかもしれない。あなたの無邪気さは夢に似ていたし、わたしの行為は犯罪に似ていたのだから。四月のある日の夕暮れ時、まるで催眠術にかけられたかのように、あなたの家まで行ったのを思い出す。わたしは中庭を横切った。自分のしていることはなにひとつ自分の意思に基づいていないと思った。半開きになったドアから、三人の髭《ひげ》を生やした男たちが、テーブルの前で、なにかの書類を読み上げている司書の声に聞き入っているのが見えた。司書の甲高い声が廊下に響き渡っていた。彼はナポレオンにそっくりだった。わたしはあなたの部屋に入った。あなたは着替えたばかりだった。わたしは金をせがみ、あなたはわたしの乱暴な口調に驚いた。わたしはあなたの無関心をなじった。そんなに怒るのは、あなたのその見せかけの寛容な魂の奥底に、なにか邪悪なものが潜んでいるからだ、とわたしは言った。あなたは椅子《いす》を動かそうとして思わず背もたれをへし折り、わたしは、こっちがこんな辛い思いをしているときに、その暴力的な態度はなんなのか、とあなたを責めた。目になんとか涙を浮かべることができた。これはあなたのために流すはじめての涙だ、とわたしは言った。わたしは自分の若さについて話した。あなたがこんなにも年上なのが悔しいと言った。あなたはわずかに微笑《ほほえ》み、その微笑にわたしは有頂天になった。わたしはあなたの鏡を見た。寒かった。寒さのせいで老けて見えた。へし折った背もたれを握ったままのあなたは罪の意識を覚えた。あなたはいったいどうして金が要るのかを知りたがった。わたしは拒絶を表そうと唇をかたく結んだ。自分の存在を確かめたくて、もう一度あなたの鏡を見つめた。部屋を出たとき、湿った草花に水を撒《ま》いている男がわたしたちの話を立ち聞きしていたことがわかった。あなたが疑り深い目になったのを見てわたしは微笑んだ。あなたも隣人や周りの人の目を気にするわけね。どんなことについても、仕事上やむをえない話だ、で片付けていたはずのあなたが。長い廊下であなたにキスを迫られたが、このときわたしは初めて、わたしを抱こうとするあなたの手をはらいのけた。

ここでひとつ、まるでピンボケの写真——ふつうなら破るか捨てるか、あるいは故人を写したものならとっておく写真——みたいにあなたの記憶をぼんやりと呼び覚ますであろう、ある段落を引用しておくことにしましょう。桟橋のそばに柳の木が一本、その枝葉を、空き瓶や死んだ魚や腐った果物が浮かぶ水面に垂らしていた。ウルスラは呆然《ぼうぜん》とした恨みの眼差しで僕を見つめていた。彼女は煙草の煙を吐き出し皮肉っぽく微笑んだ。見たわけではないが、見るまでもなかった。彼女のことなら知りすぎるほど知っている。対岸の家々はブラインドを下ろしていた。彼女は、見て、艀《はしけ》が通ると水に映った星が沈むから、と言った。寒かった。虫たちが移ろい行く水面の模様に合わせるかのように鳴いていた。その瞬間、死ぬのは実にたやすいことに思えた。大理石になる、いま踏みしめている石のようになる。特定の人たちとのつながりを忘れたとき、すべてがたやすくなる。

「人というのは矛盾と、愛情と、友情と、誤解が凝縮されたものね」とエレナがよく言っていた。明らかにわたしを想定しつつこんなことも。「人は化け物よ。あなたといるとわたしは別人になる。アマリアとかディエゴといるときとはまるで別人に。わたしたちは、誰か他の人たちに、つくり変えられることもある。わたしたちは人をありのままに愛するのではなく、無理につくられた顔を愛するのよ」

エレナは自分をより冷酷に見せようと、繰り返しこれと同じようなことを様々な尾ひれをつけてわたしに語った。わたしは彼女に抑え難い感情を抱くようになっていた。かすかな同情交じりの憎悪という感情だ。かすかに同情していたのは、彼女がわたしと同じ方法であなたを愛していたから。わたしはすぐに、エレナがあなたの文句や嘘に接するときの無関心な態度や、そのうわべだけの優しさに、苛立《いらだ》ちを覚えるようになった。彼女は結果として恨みをため込み、その無数の恨みがまるで恐ろしい猫のように彼女を取り囲んでいた。わたしの振舞いを黙って容認していればそうなってもおかしくはなかった。愛をこれほどすぱっと断ち切れる人はそういるものではない。相手と距離を置くことにこれほど無頓着な人もそういるものではない。この点に関して彼女はあなた以上だろう。エレナはきっと、わたしを憎みだしてはじめて、あなたと本当に繋《つな》がることができたのだ。いまになってそう思う。あの瞬間までは、なにもかもが遊びだった。わたしはあなたたちの出会いをおぜん立てした。あなたと派手に言い争ったあと、あなたたちを必ず二人きりにしてあげたのよ。わたしは自分の生を豊かにしてくれるものと縁を切り、晴れやかな気持ちで、自然な気持ちで自殺へと向かう必要があった。それでも、まだ多くのことが残されていた。そして、わたしに残されたただひとつもの、最後のひとつが、ここに来て貴重に見え始めた。ある種の親愛の情がわたしをエレナに結び付けていたのだ。愛は憎しみと同じく常に完全とは限らない。わたしは、あなたより、彼女に対してのほうがよほど冷酷になれた。エレナの家でのふとした話のあいだ、わたしは彼女の家族に、彼女のもっとも大切な秘密をばらしてやった。恥ずかしさのあまり顔を赤らめるエレナをわたしはあざ笑った。秘密をばらされた彼女は、もはや存在しないも同然だった。わたしは彼女の罵《のの》りの言葉を平然と受け流し、釈明を求める手紙にも返事をしなかった。わたしは恥辱にまみれた。父の口からは、わたしとしてもとうてい許し難い低俗な言葉を引き出した。その言葉からして、どうやら父は、わたしと次に会うのはその早すぎる死を嘆く偽りの言葉が刻まれた墓がいいと考えていることがわかった。わたしは仕事も失った。研究をないがしろにし、職場の貴重な書物を売り払い、みなから恨まれた。職場でのトラブルの詳細についてはこの辺にしておこう。いずれうわさが伝わるだろうから。みながわたしに声をかけなくなった。L・Sも家に招いてくれなくなった。

わたしは三日のあいだ部屋にこもった。誰とも会わず、誰も会いに来なかった。解放の瞬間が近づいていた。これで晴れやかな気持ちで自殺することができる。エルナンが部屋に入ってきたとき、すべての計画が台無しになったと思った。弟は、ドアを二度、そっとノックした。彼はわたしにくれるつもりで袋入りのキャンデーを抱えていた。わたしは机に向かってたまたまあった本に目を落とし、弟がインクで指が汚れた手を差し出してわたしの名を呼ぶまで、顔を上げなかった。いつもそこに羞恥心《しゅうちしん》がはっきりと出る弟の指を見つめながら、わたしは、じゃまなんだけど、と言った。弟は不満の表情になり、それでもわたしが動じないのを見て、二、三歩、後じさりした。泣きそうな顔をしていた。わたしは笑った。悪魔のように笑った。子どもには悪魔じみて見えるであろう笑い声を立てて。なにを笑っているのか、と訊《き》かれたので、もちろんあなたのことを笑っている、その汚い指を笑っている、と答えた。弟はキャンデーの袋を床に落とした。いまにも火を噴きそうな目をして、なにかを一言つぶやいた。

「泣くつもり？」とわたしは尋ねた。「さぞや見ものでしょうね」

これで弟には一生憎まれることになる。彼は真っ青な顔で出て行った。ドアが閉ざされた。

わたしは家を出た。憎しみではなく軽蔑がわたしに重くのしかかり、決断を浄化してくれた。通りまで来ると、大いなる心の安らぎに満たされた。ある広場のベンチに腰かけた。ポケットから数枚の紙を取り出して、読んだ。明るく新しい世界が見えた。すでにこの身をゆだねた自殺願望のほかには、失うものなどなにもない世界が。君が僕に会うことは二度とないだろう。指輪と、もはや僕にはなんの意味もないクローバー模様の忌々しいメダルを、同封しておいた。ウルスラ、君は僕のすべて、この世でただひとり愛する人だった。いまや世界はこれまでとは違う。僕が予想もしなかった世界、とてつもなく素晴らしい世界。こんな世界で、君以外のいったい誰を、君以外のいったいなにを愛することができようか。小説を書き始める前から思いついていた最後の一文が、わたしの人生の最後にふさわしいかはわからない。ときとして、死とは、ある場所からただ去ること、愛する人々や習慣を捨てることを意味する。だからこそ死ぬことを望まない亡命者は苦しむわけだが、逆に、死ぬことを望む亡命者は、自分がそれまで知らなかったことを見出す。それは見知らぬ世界における苦しみの不在だ。

数段落を書き写してから、その紙を破り捨てた。破ることで呪いが解けたかはわからない。あなたの名がウルスラではなく、わたしの名がレオナルド・モランではないことが、いまとなっては信じがたいことに思える。なぜなら《見る者は、それを見始める前から、見られる対象に似ざるを得ない》のだから。数か月前、小説を破り捨てたとき、わたしは自分のいた世界には戻らず、もうひとつの世界、自分で書いた物語（わたしが死ぬまで校正し続けるであろう、迷いに満ちた物語）の続きである世界へと帰還した。死んでいなくとも、死んでいようとも、どうかわたしのことを探さないでほしい。あなたに寝顔を見られるのが好きだったためしはないのだから。

病原

El mal

ある夜、となりのベッドが屛風《びょうぶ》で囲まれた。誰かがエフレンに、となりの患者さんは危篤なのだと話してくれた。その意地悪な患者はナイトテーブルに置いてあったエフレンのリンゴを奪いとったばかりか、表に花や天使の絵が描かれているはずの屛風に囲まれる権利をも奪いとった。これにエフレンの喜びは曇らされた。それでもシーツと毛布にくるまれていれば天国だった。窓から差し込む桃色の光が横目で見えた。ときどき飲み物が運ばれてきた。ブラインドは下ろされ、時計もなかったけれど、夜明け、午前、正午、午後、夜と、時間の経過をはっきり感じ取ることができた。健康なころは出される食事をなんでもがつがつと食べ、味もろくにわかっていなかった。いまはオレンジとミカンの味の違いですらちゃんとわかる。建物の外側と内側から聞こえる音、人の声、怒鳴り声、水道管の音、エレベーターの動く音、自動車や馬車の行きかう音がはっきりと聞き取れた。尿意を催すと近くのベルを鳴らす。すると、時代錯誤の白い花瓶みたいな尿瓶《しびん》を手にした白衣の看護婦が魔法のように現れる。エトルリア人の目と紅玉色の爪をもつ看護婦は、まるで貴重品でも扱うかのようにエフレンに触れ、浣腸液を流し込んだり、注射針を刺したりしてくれる。枕は、どんなオルゴールよりも心地よい音を立て、どんな聖女や天使の胸よりも柔らかくエフレンの頭を包んでくれた。心地のよいむず痒《がゆ》さがうなじから背骨を伝い、膝《ひざ》まで抜けていくのがわかった。エフレンは考えた。そうやってなにかを考えるのは初めての体験だった。『ひとの体の値段はいくらなんだろう？　ただみたいに使ってきたけれど、使い続けているうちに、破裂しちゃうんじゃないか。病気をすると体のことがいろいろわかる』エフレンは夢想をした。なにかを夢想するのは初めての体験だった。ビリヤード、パイプ、丹念に読み込んだ新聞、つかのまの旅行、映画館で微笑《ほほえ》みかけてくる女の人。夢想するだけでわくわくした。

妄想のなかでは未来を気にかけることもなかった。毎週日曜には彼の願いを聞きつけた人たちが面会に来て、ベッドの横で、欲しいものはないかと声をかけてくれた。

エフレンは、屏風がとなりのベッドではなく自分のベッドの周りに置かれたのを知って、心から満足した。

もう歩いても足は痛まず、屈《かが》んでも腰は痛まず、お腹を減らしても胃は痛まない。窓の外には椰子《やし》の木とハトたちの姿が見える。エフレンはいつまでもいつまでも幸せで、時間も止まってしまった。

医者たちは彼を必ず救うと言った。花と天使の描かれた屏風は取り払われた。エフレンにとって医者は悪者だった。医者たちはエフレンの病気が体のどこにあるのか知っていて、それを好きなように操る。たぶん内臓は患者のベッドの周りで交わされる会話を聞いている。エフレンはその会話のせいで悪夢を見るようになった。

彼は夢を見た。仕事に行こうとしてバスに乗って座ってみると、バスのタイヤがないことに気がついた。そのバスを降りて別のに乗ると、今度はエンジンがなかった。そうやってバスを乗り換え続けるうちに夜が来た。

彼は夢を見た。革製品の工場で獣の皮に糸を通していると、革が動いて呻《うめ》き声をあげだした。少しすると、その工場にいたいろいろな獣たちが、臭い息を吐きながら彼のくるぶしや手をかじりだした。少しすると獣たちは話を始めた。外国語だったのでエフレンにはちんぷんかんぷんだった。最後には、獣たちが自分を食べる相談をしていたことがわかった。

彼は夢を見た。お腹が減っていた。食べ物がなかったのでポケットからパンを取り出したが、干からびていて嚙《か》み切れない。湿らせても結果は同じ。最後に思い切り嚙むと、歯がぜんぶ抜け落ちて、ただひとつ残された食べ物であるパンに埋まってしまった。健康への道、生への道がそこに伸びていた。

エフレンの強くずるがしこい内臓は、体の内側に病原を隠す場所を探した。その病原こそが財産だった。エフレンはあれこれ言い訳をして、可能な限りその病原を手放さない方法を見出した。こうしてエフレンは数日のあいだ、嘘がもたらす罪の意識に苛《さいな》まれながら、あの幸せを取り戻した。修道女の看護婦は自分の息子や娘の話を引き合いに出したが、無駄だった。エフレンにとってみれば、そういう健康な子どもたちはパンや肉のなかにいた。彼らには値段がついていた。その値段は日に日につりあがっていった。

彼はいまにも奪われようとしている心の安らぎを必死で守ろうと、汗をかき、体を屈め、苦しみ、泣き、そしてどこまでもどこまでも歩いた。

砂糖の家

La casa de azúcar

迷信がクリスティーナの人生を息苦しくしていた。レリーフがすり切れたコイン、インクのしみ、二枚のガラスごしに見えた月、杉の木の幹にたまたま彫られた自分と同じイニシャル。彼女はすべてに怯《おび》えた。知り合ったときには緑のドレスを着ていたが、彼女はそれを破れるまで着続けた。このドレスは運を運んでくる、もう一枚の青のドレスのほうが似合うけれど、それを着てしまえば、わたしたちはもう会えなくなるのだと彼女は言った。僕は彼女のこうした馬鹿げた悪癖をなんとか変えようとした。部屋の鏡が割れていることを指摘し、悪運を取り払うには月の出ている夜に割れた鏡を水に捨てるといいと散々主張してみたが、彼女は鏡をそのままにしていた。家中の灯りがふいに消えてもまるで怯えなかったし、死の確かな前兆となるのも気にせず不吉な本数の蠟燭《ろうそく》に火を灯し、また、帽子をいつもベッドの上に置くという誰も犯さぬ過ちも平気でやった。彼女の恐怖は個人的なものだった。彼女は自らの行動をまさしく制限していた。十二月には果物を買わない、特定の音楽は聞かない、大好きなはずの金魚は家に絶対に置かない。渡ってはいけない道、会ってはいけない人間、行ってはいけない映画館があった。交際し始めたころは、こうした迷信も素敵に思えたが、やがて煩《わずら》わしくなり、最後はまじめに心配するようになった。婚約すると、新築のマンションを探さねばならなくなった。彼女の迷信によれば、前の住人の運命が人生に影響を与えるからだった（彼女が僕の運命に言及することは一度もなかった。まるで危険に脅かされているのは彼女だけで、僕たちの人生は愛によって結ばれてはいないかのようだった）。二人で町中を歩き回り、誰も住んだことのないマンションを求めて辺鄙《へんぴ》な郊外にまで足を伸ばしたが、どこもすでに貸されるか売られていた。僕はようやくモンテス・デ・オカ通りに砂糖でできたみたいなちっちゃな屋敷を見つけた。家は光り輝く白で塗られていた。電話もあり、軒先にちっちゃな庭もあった。新築の家とばかり思っていたが、一九三〇年にある家族が住んだことがあり、今回貸し出すに際してオーナーが改装を施していたことを知った。僕はクリスティーナに、ここは誰も住んだことがない、理想の家だと信じ込ませねばならなかった。僕たちの夢の家なのだと。家を初めて見たクリスティーナは大声を上げた。

「これまで見てきたアパートとは段違い！　空気もすがすがしい。誰かに生活を邪魔されたり、雰囲気を汚す考えごとで台無しにされることもなさそう」

それからわずか数日で僕たちは結婚し、その家に引っ越した。彼女の両親からは寝室の家具、僕の両親からは食堂の家具を祝いにもらった。ほかは少しずつ揃《そろ》えていくことにした。僕は近所の人を通じてクリスティーナに嘘がばれるのを恐れたが、幸いにも彼女は地区の外で買い物をしていたから、近隣住民と交わることはなかった。僕たちは幸せだった。幸せすぎて怖いくらいだった。ある電話に夢を打ち砕かれるまで、あの砂糖の家の静寂が破られることは永遠にないように思われた。幸い電話を取ったのはクリスティーナではなかったが、実は彼女も似たような電話をもらっていたかもしれない。電話の人物は、ビオレタさんはいるかと尋ねてきた。間違いなく前の住人のことだ。僕がだましていたことがクリスティーナにばれてしまえば、僕たちの幸せも終わりになるだろう。彼女は僕に口も利かなくなり、離婚を求めてくるだろう。よくてもこの家は出ざるを得なくなるだろう、おそらくはビジャ・ウルキサかキルメスあたりで、新たに部屋とキッチンを増設してくれる——そんなのいったいどうやって？（おそらく廃材を利用することになるだろう、まともな建材を調達できる金など僕にはない）——家に下宿人として転がり込むのが関の山だろう。僕は夜のあいだ電話線を抜き、ふいの着信で目を覚ますことがないようにしていた。郵便箱は通りに面したところに設置し、鍵は僕が保管し、手紙もすべて僕がチェックした。

ある朝早くに、ドアをノックする音がして、誰かが小包を置いて行った。部屋にいた僕の耳に、妻がなにかに文句を言う声、包み紙のわさわさする音が聞こえてきた。階段を降りてみると、ビロードのドレスを抱えたクリスティーナの姿が目に飛び込んできた。

「このドレスが届いたわ」彼女が嬉しそうに言った。

階段を駆け上った彼女はさっそくドレスを身につけ現れた。胸元が大きく開いたドレスだった。

「いつ注文したの？」

「かなり前よ。似合う？　お芝居を観に行くときにでも着ようかしら、どう？」

「お金はどうしたんだ？」

「母から何ペソかもらったの」

妙な気がしたが、彼女の気分を害したくなくて、なにも言わずにおいた。

僕たちは狂ったように愛し合った。でも僕は不安に苛《さいな》まれるようになり、夜にクリスティーナを抱いているときにまで不安を覚えるようになった。僕は彼女の性格が変わってしまったことに気付いた。明るかったのが陰気になり、饒舌《じょうぜつ》だったのが控えめになり、温和な性格だったのが神経質になった。食欲も減退していた。僕が大好きだったあのホイップクリームとチョコレートの、ややずっしりとした、おいしいケーキもつくらなくなり、いつものように、トイレの蓋《ふた》から食器棚や家具にいたるまで家中のものを定期的にナイロン製のフリルで覆ったりすることもなくなった。お茶の時間にバニラアイスを用意してくれることもなければ、夜に劇場や映画館へ行こうともしなくなり、招待券をもらっているときでさえ行くのを嫌がった。ある日の午後、庭に一匹の犬が紛れ込み、通りに面した扉の前に座って吠えだした。クリスティーナは肉と飲み物を与え、水浴びをさせ、毛の色を染め、この犬を飼う、名前はアモールにする、なぜなら私たちが本物の愛を交わし合っている瞬間に我が家に来たのだから、と宣言した。犬は歯茎が黒く、これは純血種の証拠だった。

別の日の午後、僕はいつもと違う時間に帰宅した。庭に自転車が立てかけてあるのを見て、入口で立ち止まった。そっとなかに入り、後ろ手に扉を閉めると、クリスティーナの声が聞こえてきた。

「何の御用でしょうか?」と彼女が二度繰り返した。

「犬を探しに来たのよ」と若い女の声が言った。「この家の前を何度も通るうちに気に入ってしまったみたいね。この家、砂糖でできているみたい。ペンキを塗り替えたときから通行人の注目の的だったわ。でもわたしは前のほうがよかった。ひと昔前の家らしくピンク色で、とってもお洒落《しゃれ》だった。この家はわたしにとって大きな謎だったの。なにもかもが好きだった。小鳥たちが水を飲みに来る噴水、黄色い角笛みたいな花を咲かせるツタ、オレンジの木。八歳になったころから、電話でお話しさせてもらったあの日から、あなたに会うのを楽しみにしていたのよ、覚えてるかしら？　凧《たこ》をあげるって言ったわよね？」

「凧は男の子のおもちゃでしょう」

「おもちゃに性別は関係ないの。凧って、とてつもなく大きな鳥みたいで、大好き。あれに乗って空を飛ぶのが夢だったの。凧をあげるだなんて、あなたにとってはただの冗談だったのかもしれないけれど、わたしは一晩中眠れなかった。あのとき会ったのはパン屋だったわね、あなたは背を向けていて、顔は見えなかった。あのときからわたしはあなたのことばかり考えていたのよ、どんな顔か、どんな心をしているのか、嘘をつくときはどんな表情になるのか。あの凧、結局くれなかったわね。町の樹までもがあなたは嘘つきだって言ってたわよ。あのあとわたしは両親とモロンに引っ越した。そして一週間前にここへ戻ってきたわけ」

「わたしはここに住んでまだ三週間、この町を歩き回ったことすらありません。勘違いじゃありませんか」

「まったく、わたしが思い描いていた通りの姿をしてるわね、あなた。わたしがどれほどあなたのことを思い浮かべたことか！　これはまったくの偶然なんだけど、わたしの旦那、かつてあなたの婚約者でもあったのよね」

「いまの夫の前に婚約者がいたことなんてありません。ところでこの犬のお名前は？」

「ブルート」

「どうぞ連れて帰って下さいな、これ以上懐かれても困ります」

「ビオレタ、ねえ聞いて。いま犬を我が家に連れ帰っても死んじゃうわ。世話ができないのよ。わたしたちはとても狭いアパート暮らしなの。夫もわたしも仕事があって、散歩させてくれる人がいないのよ」

「ビオレタと呼ぶのはやめてください。歳はいくつです？」

「ブルートのこと？　二歳よ。ねえ、あなた、あの子を飼ってくれない？　ときどき様子を見に来るわ、大好きな犬だし」

「知らない人に来られたら夫が嫌がります、ましてや犬をもらうだなんて」

「だったら秘密にしておけばいいわよ。毎週月曜の午後七時にコロンビア広場で待ってるから。どこだか知ってる？　聖フェリシタス教会の前。あなたがお望みの場所に変更してもいいわよ、コンスティトゥシオン橋でも、レサマ公園でも。こっちはブルートと目を合わすだけでいいの。ねえ、飼ってくれるでしょう？」

「いいわ、飼うことにしましょう」

「ありがとう、ビオレタ」

「だからビオレタじゃありません」

「名前、変えたの？　わたしたちにとってはいまもビオレタよ。昔と変わらない謎の女ビオレタ」

パタンと扉を閉める音に続いて、階段をのぼるクリスティーナの靴音が聞こえてきた。僕は隠れていた場所からそっと出てくると、今しがた着いた振りをした。二人の話に他意がないことはわかっていたが、なぜだろうか、僕はぼんやりとした不信の念に苛まれだした。芝居を見せられた後に、現実はそれと違うことを知ったような感覚だった。例の娘との話を立ち聞きしたことは僕だけの秘密にしておいた。僕は、クリスティーナに嘘がばれるのを恐れ、こんな町に住んでしまったことを嘆きつつ、事態の進展を見守った。毎日午後になると、聖フェリシタス教会前の広場を通り、クリスティーナが約束を守っているかを確かめに行った。クリスティーナは僕の不安に気付いていないようだった。僕はときどき、あのときの娘とのやり取りは夢だったのではないかと思うまでになった。ある日、クリスティーナが犬を抱いて僕に尋ねた。

「わたし、名前をビオレタに変えてみるのはどうかしら？」

「花の名前は嫌だな」

「でも綺麗な響きじゃない。花というより色の名前よ」

「僕は君のいまの名前のほうがいい」

ある土曜の夕暮れ時、コンスティトゥシオン橋の鉄の欄干にもたれかかっているクリスティーナの姿を見つけた。僕が近寄っていっても彼女は驚きもしなかった。

「こんなところでなにを？」

「なんとなく。下を通る列車の往来を見ているのが楽しいの」

「こんな暗い場所にひとりでは来てほしくないな」

「それほど暗くは見えないわ。それに、どうしてわたしが独り歩きしちゃいけないの？」

「君は機関車の吐き出す黒い煙が好きなのか？」

「乗り物は好き。旅の夢を見るのが好き。旅に出ずして旅をする。《行きて残る、残りて旅立つ》ってやつよ」

僕たちは帰宅した。嫉妬《しっと》に狂った僕は（何に対する嫉妬か？　あらゆることに対してだ）、道中、彼女に話しかけもしなかった。

「ねえ、サン・イシドロかオリーボスあたりに引っ越してはどうだろう、この町はどうにも嫌な感じがする」僕は、そんな高級な区画にも気軽に家を買えるような口調で言ってみた。

「まさか。レサマ公園がすぐそばだというのに」

「あそこはひどい。なにかの像は壊れたままだし、噴水には水がないし、木も嫌な匂いがする。浮浪者や老人や障害者がゴミを捨てたり漁ったりして」

「そんなの気にしないわ」

「君はついこの間まで、誰かがミカンの皮とかパン屑《くず》を残していったベンチに座るのも嫌がっていたじゃないか」

「わたし、変わったのよ、ずいぶんと」

「どれだけ変わろうとも、君があんな公園を好きになるわけがない。知ってるよ、入口にちょっとした大理石のライオン像が並んでいて、幼いころに遊んだものと同じなんだよね、でもそれがなんだっていうんだ」

「なにを言っているのかわからないわ」とクリスティーナは答えた。そして僕は彼女から蔑《さげす》まれている気がした。やがては憎しみへと至る軽蔑を感じた。

何年にも思えたそれからの数日間、僕は不安を押し殺して彼女を見張り続けた。毎日午後になれば教会前の広場へ行き、土曜にはあのおぞましい真っ黒なコンスティトゥシオン橋へ行った。ある日、思い切ってクリスティーナに言ってみた。

「この家に前にも住人がいたことがわかったら、君はどうする？ ここから出ていくかい？」

「もしこの家に人が住んでいたなら、きっとお菓子かバースデーケーキに立っている砂糖人形みたいな人でしょうね。砂糖みたいに甘くて優しい人。この家、なんだか落ち着くのよ、あのちっちゃな庭を見ていると安心するのかしら。わかんないわ。どれだけお金を積まれてもこの家からは出て行かない。それに行くあてもないし。あなただってしばらく前にそう言ってたでしょう」

自分の負けを悟った僕は、それ以上は問わないことにした。いずれ時間が解決してくれるだろう、などと慰めに考えた。

ある朝、玄関のベルが鳴った。僕は髭《ひげ》を剃《そ》っていたところで、クリスティーナの声が聞こえた。剃り終えると、妻はすでにその来客と話をしている最中だった。開いたドアの隙間から二人の話に耳をすませた。訪ねてきた女の声があまりに低く、足があまりに大きかったので、思わず笑みがこぼれた。

「またダニエルと会うようならひどい目にあうわよ、ビオレタ」

「ダニエルなんて知りませんし、わたしはビオレタではありません」と妻が答えた。

「あなたはうそをついている」

「うそなんてついていません。ダニエルとも関係ありません」

「事実をありのままに知ってもらいたいのよ」

「聞きたくありません」

クリスティーナは両手で耳を覆った。僕は部屋に入り、出ていってくれ、と女に言った。間近で女の足と手と首筋を見た。そして相手が女装をした男性であることに気がついた。こちらがどうすべきか考える間もなく、男は開け放したままのドアから姿を消した。

僕たちはこの一件について口にするのをやめた。それがなぜかは永久にわからないだろう。あわただしく物足りないキス、どうでもいい言葉、それ以外の用途には口を一切使用しないと決めたかのようだった。

僕にとっては悲しみの連続だったあの日々、クリスティーナは好んで歌を口ずさんだ。彼女の声は美しかったが、その声ですら、僕から彼女を遠ざけているあの秘密の世界の一部となってしまった以上、僕を絶望させるのだった。なにしろ、それまで歌など一度も歌ったことのなかった妻が、服を着るときも、入浴中も、料理中も、ブラインドを閉めて回っているあいだもずっと歌い続けているのだから！

ある日、僕は、クリスティーナが謎めいた表情を浮かべながらこんなことを言うのを聞いた。「わたし、誰かの人生を受け継いでいるような気がするの。誰かの幸せ、悩み、過ち、関係者を。魔法にかけられたのね」僕はこの最後の恐ろしい一言が聞こえなかったふりをした。しかしながら、理由は分からないが、僕はビオレタとはいったい何者なのか、どこにいるのか、どういう人生を送った人なのかを調べて歩きまわるようになった。

家から半ブロックのところに絵葉書や紙やノートや鉛筆や消しゴムやおもちゃを売る店があった。調査を進めるうえで、この店の店主が最適に思えた。お喋《しゃべ》りで、好奇心旺盛で、おだてに乗りやすい性格の女だったからだ。ある日の午後、ノートと鉛筆を買うのを口実に、彼女と話をしてみた。僕は彼女の眼とか手とか髪のことをほめそやした。ビオレタという名前はまだ出せなかった。実は近所に住んでいるのだ、と切り出した。そして最後にようやく、自分たちの家に誰が住んでいたのかを尋ねてみた。僕はおずおずと言った。

「ビオレタとかいう人が住んでいたのですか?」

相手の返事がとても曖昧《あいまい》だったので、僕はいっそう不安になった。翌日もその雑貨屋を訪れて、ほかにもいくつか尋ねてみた。すると、ビオレタは精神病院に入院中らしく、そこの住所を教えてもらえた。

「この歌声、わたしの声じゃないわね」クリスティーナがいっそう謎めいた表情を浮かべながら言った。「以前のわたしなら怯えていたかもしれないけれど、いまはむしろ楽しいの。わたし、別人になった。たぶん本当の自分より楽しい人になった」

ぼくはまた聞こえないふりをした。新聞を読んでいる最中だった。

正直に言うと、ビオレタのことを調べるのに夢中になるあまり、クリスティーナのことをおろそかにし始めていた。

フローレスにある精神病院を訪れた。ビオレタのことを尋ねると、彼女に歌を教えていたアルセニア・ロペスの住所を教えてくれた。

レティーロ駅から電車でオリーボスへ向かった。埃《ほこり》が目に入り、アルセニア・ロペスの家に着くころには、まるで泣いていたみたいに涙がぽろぽろとこぼれていた。通りに面したドア越しに、ピアノか手回しオルガンに合わせて、ア、ア、アアアアアー、と音階を試している女の声が聞こえてきた。

背が高く、痩《や》せていて、見る者を威圧する風貌《ふうぼう》をしたアルセニア・ロペスが廊下の奥から鉛筆を手に姿を現した。僕はおずおずと、ビオレタに関することを調べに来たのですと言った。

「あなたは彼女の夫？」

「いえ、ただの親戚です」ハンカチで目を拭《ふ》きながら答えた。

「あなたも例の山のような崇拝者のひとりというわけね」彼女は目を細めてこう言うと、僕の手を取った。「みなが知りたがったこと、ビオレタの最後の日々について聞きに来たのでしょう。お座りなさい。死んだ人だからといって、純粋だったとか、心が清らかだったとか、善人だったと思う必要はないのよ」

「慰めですか」と僕は言った。

彼女は湿った手を僕の手に重ねてこう答えた。

「そう。あなたを慰めたいの。ビオレタは私の弟子というだけではなく、親友でもあった。仲違いしたのは、あの子が私に秘密を打ち明け過ぎたこと、私をだませなくなったことが原因でしょうね。最後に見たときには、自分の運命を苦々しげに嘆いていたわ。あの子は嫉妬のあまり死んだ。最後はしきりに言っていた。『誰かに自分の人生を盗まれた、いつかその女をひどい目に遭わせてやる、ビロードのドレスもとられてしまう、彼女に奪われてしまう、ブルートもあの人に奪われてしまう、男たちが女装して入ってくるのも私の家ではなく彼女の家になる、声も失ってしまう、あの恥知らずな女の喉《のど》に私の声が移ってしまう、コンスティトゥシオン橋でダニエルと昔みたいに鉄の欄干によりかかって、二人で抱きあって不可能な愛の夢を見ることも、二人で汽車が遠ざかっていくのを見ることもない』」

アルセニア・ロペスは私の目を見つめて言った。

「悲しまないで。世の中にはもっと誠実な女がたくさんいるわ。たしかにビオレタは美しい子だった。でも美しさだけが人の美徳ではないでしょう？」

僕は恐怖に口もきけなくなり、アルセニア・ロペスに自分の名を告げることもなくその家を立ち去った。アルセニア・ロペスは別れ際、親愛の情を示そうと僕を抱き寄せた。

その日以来、クリスティーナは、少なくとも僕の目にはビオレタに変貌してしまった。僕は四六時中ビオレタのあとを追い、数々の愛人たちの腕に抱かれているのを見つけようとした。あまりに距離を取り過ぎた結果、彼女は見知らぬ女に見えてきた。ある冬の夜、彼女は出て行った。僕は彼女のゆくえを明け方まで探しまわった。

いまはもう誰も住んでいないあの砂糖の家で、いったい誰が誰の犠牲となったのか、僕にはもう分からない。

ミモーソ

Mimoso

ミモーソは五日前から死に瀕《ひん》していた。メルセデスはスプーンでミルクやフルーツジュースや紅茶を与えた。メルセデスは剝製《はくせい》職人に電話をかけ、ミモーソの体型を伝えて値段を聞いた。剝製化には一か月分の給料が必要だった。電話を切ると、ミモーソの体が痛まないうちに剝製職人のもとへ連れて行くことを考えた。鏡を見ると泣き腫《は》らした目がそこにあった。彼女はミモーソの死を待つことに決めた。石油ストーブのそばに小皿を置き、再びスプーンでミルクを与え続けた。犬は口も開けられず、ミルクは床にこぼれ落ちた。八時に夫が帰宅すると、二人で涙を流し、剝製になることを考えて慰め合った。ガラスの目をはめたミモーソが、家を象徴的に守るように、部屋の入口に座っている姿を思い浮かべた。

翌朝、メルセデスは、ミモーソを袋に入れた。おそらく死んではいなかった。バスの乗客たちの注意を引かないよう、麻布と新聞紙でくるんで、剝製職人のもとへと運び込んだ。屋敷のショーウィンドーにたくさんの剝製の鳥や猿や蛇が見えた。しばらく待たされた。やがてワイシャツ姿にトスカーナ・シガーをくわえた男が現れた。包みを受け取るとこう言った。

「例の犬だな。どうしたいんだね？」メルセデスは質問の意図がわからないようだった。男はサンプル画のファイルをとってきた。「座った姿、寝そべった姿、立ち姿。台座は黒い木材か白塗り。どれがいいかね？」

メルセデスは目を見開いたが、なにも見えていなかった。

「お座りして、脚を組んだ状態で」

「脚を組むだと？」男は気に入らないかのように繰り返した。

「おまかせいたします」メルセデスは頰《ほお》を赤らめながら言った。

「どれどれ、どんな犬かね」男は包みを開きながら言った。ミモーソを後ろ脚からぶら下げて「飼い主ほどには肥えておらんようだな」と言うとからから笑った。男はメルセデスを頭からつま先までじろじろと眺め、メルセデスは、ぴちぴちのセーターに浮き出た自分の両胸に目を落とした。「完成品を見たら食いつきたくなること受け合いだよ」

メルセデスはコートをがばっとはおった。山羊皮の手袋をぎゅっと握りしめ、男にビンタを食らわせて犬を取り返したくなるのをこらえながら言った。

「そこにあるような木製の台座にしてくださいな」彼女は伝書鳩の剝製の台座を指さした。

「お目が高いご夫人だ」と男は呟《つぶや》いた。「目の材質はどうしよう？　ガラスにすると少し高くなるが」

「ガラスにしてちょうだい」メルセデスは手袋を嚙《か》みながら答えた。

「緑、青、黄色？」

「黄色で」とメルセデスは高飛車に言った。「あの子は蝶のように黄色い目をしていましたから」

「目玉を蝶にたとえるなんて珍しい人だね」

「羽よ」メルセデスはむきになって言い返した。「蝶の羽みたいだったってことです」

「なるほど！　ところで代金は前払いで頼むよ」男は言った。

「わかってます」メルセデスは答えた。「電話でおうかがいしましたから」財布を取り出し、札を数枚ぬき出すと、テーブルの上に置いた。男からおつりをもらった。「できあがりはいつになりますかしら？」おつりを財布に戻しながら尋ねた。

「おいでいただく必要はない。来月の二十日に私がお宅まで持参しよう」

「いいえ、夫といっしょにとりにまいります」とメルセデスは答えると、さっさと屋敷をあとにした。

メルセデスの友人たちは犬が死んだことを知り、亡骸《なきがら》をどうしたのか知りたがった。メルセデスは剝製の話をしたが誰も信じてくれなかった。多くの知り合いから笑われた。そのへんに埋めたと答えておくほうが無難のようだった。彼女はペネロペのように編み物をしながら、剝製になった犬の帰還を待ちわびた。しかしなかなかその日は来ない。メルセデスは泣き続け、花柄のハンカチで涙をぬぐってばかりいた。

約束の日、メルセデスは電話をとった。犬の剝製はできあがり、あとはとりにいくだけでよかった。剝製師はいまは遠出できないという。メルセデスは夫を連れてタクシーに乗った。

「まったく死んでからも金を食う犬だ」どんどん上がっていくタクシーメーターを見ながら夫が毒づいた。

「子どもがいたとしてもここまではかからなかったはずよね」とメルセデスは言い、ポケットからハンカチを取り出して涙をぬぐった。

「よし、よし、もういいかげん泣くのはやめなさい」

剝製師の家で彼らは待たされた。メルセデスは口を開こうともせず、そんな妻を夫はじっと見つめた。

「頭がおかしくなったとか陰口をたたかれやしないかね」彼は苦笑いを浮かべて尋ねた。

「そんな人たちは放っておけばいいのよ」メルセデスはきっぱりと言った。「そんな心ない人たちのことは。そういう心ない人たちは悲しい人生を送っている。誰にも愛されない人生を」

「たしかにそうかもしれん」

剝製師がふいにどこからともなく現れた。黒光りする木製の台座のうえに、ガラス玉をはめて鼻先をてからせた、お座り状態のミモーソが鎮座していた。生きていたときよりも元気そうだった。ぷっくりとしていて、毛もつややかで、いまにもワンと吠えそうだった。メルセデスは震える手で犬をなでた。その目から涙がこぼれて犬の頭に落ちた。

「頼むから濡らさんでくれ」剝製師は言った。「必ず手で汚れをふき取るのだ」

「いまにもワンと言いそうだ」夫が言った。「こんな神業をどうやって？」

「毒だよ、毒。手袋をはめ、ゴーグルを装着し、完全防備で挑む。なにからなにまで毒を使うからね、用心しなきゃあ、こっちが死んでしまう。こいつは私の秘伝さ。ところで旦那のお宅に子どもはいるかね？」

「いや」

「大人にも危険なのかしら？」メルセデスが尋ねた。

「食いさえしなけりゃ大丈夫だ」と剝製師は答えた。

「包んであげなきゃ」メルセデスが涙をぬぐってから言った。

剝製師は自分の作品を新聞紙で包むと、夫にそれを手渡した。夫婦はうきうきしながら屋敷を後にした。帰途、どこにミモーソを置くべきかを話し合った。生前のミモーソが、二人が出かけるときいつも見守っていた場所、玄関ホールの電話台の下がいいだろう、ということになった。

帰宅すると、二人はいま一度剝製師の仕事ぶりに驚嘆し、それから予定の場所に犬を置いた。メルセデスは犬の前にしゃがんでじっと見つめた。この死んだ犬がこれからも生きていたときと同じように一緒にいてくれる、泥棒や孤独から自分を守ってくれる。彼女は指先で犬の頭を撫《な》で、夫が目を離したすきに、そっとキスをした。

「君のお友だち連中がこれを見たらなんて言うだろうね？」夫が尋ねた。「メルルッチ商会の会計士の奴はなんて言うだろう」

「客を夕食に招くときには簞笥《たんす》のなかに隠しておくか、二階の夫人からプレゼントされたとか言い訳すればいいじゃない」

「夫人に前もって伝えておかないと」

「そうするわ」とメルセデスは言った。

その夜、二人は特別なワインを開け、いつもより夜更かしをした。

二階の夫人はメルセデスの頼みを聞いて微笑《ほほえ》んだ。夫人は、犬を剝製にする女を狂人扱いする世間の意地悪さを理解してくれた。

メルセデスは生きている犬より剝製の犬といるほうが幸せだった。餌《えさ》も要らないし、おしっこをさせに散歩に連れ出す必要もないし、体を洗ってやる必要もなかった。家を汚したりカーペットを嚙んだりもしなかった。しかし幸福とは長続きしないもの。匿名の心ない手紙が舞い込んできた。言葉のそばに猥褻《わいせつ》な絵が描いてあった。メルセデスの夫は怒りに震えた。火が台所のコンロではなく彼の胸で燃えだした。犬を膝《ひざ》のうえに載せると、まるで枯れ枝のようにその四肢をばきばきとちぎり取り、空いていたアサード用のかまどに投げ捨てた。

「本当だろうが嘘だろうが同じことだ、あんなことを言われるのは我慢がならん」

「言っておきますけどあの子の夢を見ますからね」メルセデスはこう叫ぶと服を着たままベッドにふて寝した。「手紙を書いたのが誰だか知ってるわ。あのくそったれの会計士よ。二度と家に入れないで」

「おいおい、そりゃ困る。今夜ディナーに招いているんだぜ」

「今夜ですって？」とメルセデスは言った。ベッドから飛び起きると、薄笑いを浮かべて夕食の支度にとりかかった。アサード用のかまどにあったバラバラの犬のそばにTボーンステーキを置いた。

彼女はいつもより早くにディナーをつくりおえた。

「今日は皮つきのアサードですよ」と告げた。

招かれた会計士は玄関で、挨拶もそこそこに、かまどから漂ってくる匂いに両手を揉《も》みあわせた。その後、自分の肉を皿に盛りながらこう言った。

「この肉はまるで剝製みたいだね」会計士は犬の目玉の周りをうっとりと見つめていた。

「なんでも中国では」とメルセデスは言った。「犬を食べるんですって。本当かしら、それとも中国人の作り話かしら」

「知らんよ。どちらにしたって、僕は犬の肉なんて、逆立ちしたって食べないだろうさ」

「この犬は食えないと言うなかれ、という諺《ことわざ》があるわね」メルセデスが勝ち誇ったような笑みを浮かべて答えた。

「この水は飲めないと言うなかれ、だろう、それを言うなら」夫が訂正した。

会計士はメルセデスが犬のことを平気で話題にするのに驚いた。

「こりゃあ床屋の奴も呼んでやらねば」会計士は、毛がまだ見えている皮つき肉を見ながらこう言うと、けらけらと、思わず引き込まれそうな明るい笑い声をあげた。「皮つきのアサードにソースとは珍しい」

「初めてのチャレンジよ」とメルセデスは答えた。

会計士は肉を皿によそい、ソースをかけた一切れを頬張り、嚙みしめ、ぶっ倒れて死んだ。

「ミモーソったら、まだ私の味方をしてくれるのね」とメルセデスは言い、皿を集めて涙を拭《ふ》いた。笑いながらも涙をこぼしていたのだ。

僕たち

Nosotros

「わざわざ鏡なんて見る必要ないだろう」と僕は友だちからよく言われる。「君とそっくりのエドゥアルドを鏡の代わりにすればいいじゃないか。髪を梳《す》くのも、ネクタイを締めるのも、あいつを見ればいい」

僕たちは二粒の水滴みたいにそっくりだと言われるけれど、僕の右手が左手と微妙に違うように、僕の右目が左目と微妙に違うように、僕たち二人のあいだにも微妙な違いがある。ささやかなことだけど、僕の横顔はエドゥアルドよりも完璧で、笑うと特にえくぼが引き立ち、これがまた効果絶大で、女の子はたちまち僕に夢中になる。けれども僕はエドゥアルドが好きになる子以外の子を好きになろうとしたことは一度もない。正直に言って、少しは互いに自立したほうがいいと思ったことも時にはあるけれど、その勇気がなかった。こんなに幸せなのだ、いったいこれ以上なにを望めばいい。僕たちは裕福で著名な一族の生まれだ。朝には英国王も羨《うらや》む朝食を食べている。スポーツはいくつか。槍《やり》投げ、水泳、ゴルフ。午後になると満足がいくまで思いきりトレーニングをする。悲しむとか悩むという言葉の意味を知らない気がする。クローゼットを開けて鏡のように光る靴たちを見ているだけで、どんな気がかりも消し飛んでしまう。僕たちのハウスキーパーは最高の女性だ（ハウスキーパー、ミルクキーパー、ハウスクリーナー、みんな模範的女性で大好きだ）。彼女は僕たちの暮らしを幸せにするのに貢献してくれる。ある日、僕たちはいつもそばにいてくれる彼女に恋をしてしまったが、すぐさま大変な失望を味わった。真珠のように見えた彼女の歯はなんと入れ歯だったのだ。彼女の部屋でコップの水に浸かっているのを見つけた。僕たちがよく躓《つまず》いていた彼女の長い足には曲がった指が一本あった。彼女の朝食は生クリームとガーリックスライスをトッピングしたパンだった。

「別のことを考えたほうがよさそうだね」僕の気持ちを素早く察したエドゥアルドが言った。可愛そうなベルナルダ！　僕たちの将来をどれだけ楽しみにしていただろう。僕は他人の不幸なんて考えたくもない！　彼女にとっての僕たちは、ただの甘やかされた子ども、悪戯《いたずら》小僧、なんの苦労もないお坊ちゃまなのだろう。

レティシアに恋をしたときには世界がひっくり返るかと思った。幸福というものは飽くことを知らない。僕たちは常により多くを求めた。レティシアと知り合ったのはサン・イシドロのヨットクラブだった。どんな技を使ったのか、彼女を手に入れたのはエドゥアルドのほうだった。頭にきたことに、彼女は僕については何も知りたがらなかった。

「どうしてあなたはいつも僕たちって複数形で言うのよ?」彼女は言った。

「いやかな?」僕は訊《き》き返した。

「エドゥアルドはわたしの恋人なのよ、わからないの?」彼女は答えた。

僕は打ちひしがれてその場を去った。

レティシアは道で出会った僕をときどきエドゥアルドと間違えて熱い言葉をかけてきたり、エドゥアルドと話をしようと家に電話をかけてきて、僕を相手に愛の言葉を投げかけることもあった。エドゥアルドが結婚したとき、僕は数か月パタゴニア——人嫌いにはうってつけの場所——に出かけていると嘘をついた。

僕はブエノスアイレスのホテルにこもって誰とも会わず、ヨーロッパを放浪する夢を思い描いていた。午後になるとエドゥアルドがスイス製のチョコレートをポケットに詰めて会いに来た。彼はホテルから妻に電話をかけ、最後はいつも受話器を僕に手渡した。僕は喜んで受話器を握った。レティシアは声も言葉も熱いまま話し続けたから、僕はとても嬉しくなった。

当時、エドゥアルドの住んでいた区画では今と同じく停電が頻発していて、たいていは新聞に予告が出た。これはうまく利用できそうだった。エドゥアルドは遠まわしに考えを打ち明けた。

「レティシアと一晩過ごしてみないか？　朝の七時には僕が入れ替わるから」

兄から鍵をもらった。僕は、心臓をばくばくさせながら、フニン通りにある兄の家まで行った。その夜のエドゥアルドは、アルベアール通りで男だけの食事会に出たあと、深夜十二時に帰宅することになっていた。僕は鎮静剤をひとつのみ、わざと時間をかけてエレベーターに乗ると、エドゥアルドの部屋まで行った。そっとドアを開けると、カーペットを裸足《はだし》で歩く音が聞こえた。レティシアが僕の腕のなかに飛び込んできた。エドゥアルドからはこう言われていた。

「僕になりきるんだ。彼女のことは〈僕の小羊ちゃん〉と呼ぶんだぞ」

エドゥアルドになりきるのはたやすかった。子どものころに似たような遊びをよくしたからだ。でも〈僕の小羊ちゃん〉は無理だった。僕は彼女を抱きあげてベッドまで運んだ。そこから先はほとんど記憶にない。セックスの感情にはある種の麻痺効果があって記憶を奪うのだ。

エドゥアルドが入れ替わりにやってきたとき、僕はぐっすり眠り込んでいた。彼は用心しいしい忍びこんで来て、レティシアが起きる前にベッドまでくると、僕を揺さぶり起こした。僕はその後も同じようにして何度もレティシアの腕のなかで寝た。人生はまたもや愉快になり、そこに危険と多様性がトッピングされた。

ひとは二人になればなんだってできる。エドゥアルドと僕には普通の人間よりずっと大きな力がある。ほかにこんな大胆なことをやっている双子がいるだろうか。

恋は盲目、とはよく言ったものだ。季節は秋になっていた。レティシアは僕をエドゥアルドだと信じ込んだまま僕と一週間を過ごしていた。僕も真似をするうちすっかり自分をエドゥアルドだと思いこみ始めていた。ところが、ある不愉快な状況が、この素敵な暮らしをぶち壊しにしてしまった。レティシアが、エドゥアルドが自分の腕のなかにいるはずの時刻に別の場所にいるのを見た、という悪い噂《うわさ》を耳にしてしまったのだ。レティシアは、自分を抱いているはずのエドゥアルドが違う場所にいられるような分身の術、なんらかの魔法があるのではと、真剣に考えるようになった。誰かがおそらく意地悪な考えのもとに、ポーカーをしている最中のエドゥアルドの写真を、本人には気付かれないよう撮影した。裏側に日付と場所を記したその写真を、誰かがレティシアに送りつけたのだ。

レティシアは僕に抱かれているあいだも冷静に考え込むようになった。彼女は僕に悩みを打ち明けた。僕は彼女をなだめた。もはやこれは僕だけの人生ではないのだから！　ある日の朝、エドゥアルドがいつものように入れ替わりに来る時刻に、てっきり彼女が寝ているものと思い込んだ。寝室のドアからエドゥアルドが入ってきた音を聞いて、僕はさっと立ちあがった。血が凍るとはまさにあのことだ。レティシアがまるで亡霊のようにすっと身を起こしたのだ。彼女は人間離れした冷静さを発揮した。電話の所まで行くと、家具屋に電話をかけて、絨毯《じゅうたん》の交換を注文したのだ。僕はてっきり二人のどちらかが殺されるか、警察に通報されるものと思っていた。それはきっと恥ずかしくてできなかったのだろう。彼女は僕とエドゥアルドが入れ替わるときに鉢合わせするよう周到に計画を立てたのだ。

僕たちは荷造りをして、人生が耐えがたいとは言わずとも、すっかりつまらないものになったその家から立ち去った。

フリアイ

La furia

〔わが友オクタビオに〕

今なお刻々とあの太鼓の音が聞こえる気がする。誰にも見られずこの家を出て行くのは無理だろう。仮に出られたとしても、そのあと子どもを家までどう送り届けたらいい？　誰かがラジオか新聞で呼びかけるのを待とうか。いっそのこと消してしまうか？　そんなことはできない。自殺する？　それは最後の手段だ。そもそも自殺の方法を知らない。逃げる？　どこへ？いまのところ廊下には人がいる。窓はふさがっている。

こんな風にして悶々《もんもん》と考え続けた末に、子どもが手に持ったり、ときどきポケットにしまったりしていたペーパーナイフに目がとまった。いざとなったらこれで殺せばいい、と思うと気が休まった。床を汚さぬようバスタブのなかで頸動脈を切ればいいのだ。死んだらベッドの下に隠す。

気が狂ってしまわないよう、ポケットに入れていたメモ帳を取り出して、子どもがベッドカバーの縁飾りや絨毯《じゅうたん》や椅子《いす》をいじくって遊び呆けているあいだ、ビニフレードと知り合ってからのことをすべて書きとめていった。

知り合ったのはパレルモ公園だ。いまから思うと、彼女の目は、ハイエナのようにぎらぎらと輝いていた。僕は復讐の三女神フリアイのひとりを思い出した。あれは華奢《きゃしゃ》で神経質という、君が苦手なタイプの女の子だったよ、オクタビオ。黒い髪の毛はまるで腋毛《わきげ》のように細かく縮れていた。香水の種類は分からなかった。ハンドバッグのなかに放り込まれていた小瓶には小さな天使が描かれていたけれど、ブランド名は書いてなかったし、彼女の体臭が混じり合っていたこともある。

僕たちの最初の会話は短いものだった。

「君はアルゼンチン人には見えないね」

「当り前よ。フィリピン人だから」

「英語は話せる?」

「もちろん」

「教えてくれないか」

「なんのために？」

「習い事が好きだとでもしておくよ」

彼女は世話をしている子どもを連れていて、僕は数学か論理学の本を脇に挟んでいた。ビニフレードは脚の静脈が太もものあたりで青い木のように浮かび上がり、瞼《まぶた》がぷっくらしていて、とても若々しかった。二十歳ということだった。

毎週土曜の午後に彼女と会うようになった。しばらくのあいだは初日と同じことを繰り返した。テレビンノキのそばにあるダンテ像から猿の檻《おり》まで、埃《ほこり》まみれの靴の先を見つめながら、野良猫に生肉をあげたりしつつ、同じ話題を言い方だけを変えて、というより意味すらも変えて繰り返した。子どもは絶え間なく太鼓を鳴らしていた。はじめて手をつないだ日、僕たちは猫たちに飽きてしまった。生肉をちぎる時間すらおしくなったのだ。別の日には鳩や白鳥に与えるパンを持参した。それは池のなかにある島に通じる橋に足を運ぶための口実だった。島の門は猥褻《わいせつ》な落書きで埋め尽くされていた。彼女は、いちばん猥褻な落書きのそばに自分の名前と僕の名前を書きたいと言った。僕はしぶしぶ従った。

彼女が十四行詩を一遍暗唱したとき僕は彼女に恋をした（オクタビオ、詩のあれこれを教えてくれたのは君だったよね）。

「天使の羽のことを思い出すわ。子どもの頃の」

僕は動揺を隠そうと水面を見つめた。彼女が泣いていると思ったのだ。

「君に天使の羽がついていたのかい？」感傷的な声で尋ねた。

「あれは綿でできていて、とても大きかった」と彼女は言った。「顔のまわりにつけられたの。アーミンの毛皮みたいな羽。聖母マリアの日、わたしは学校のシスターたちの手で天使のかっこうをさせられた。水色のドレス、いや、ドレスというより上下ひとそろいのチュニック。下は水色のタイツに水色のシューズ。シスターたちがつくった巻き毛をアラビアゴムでくっつけられて」

僕は彼女のお尻に手を這《は》わせたが、彼女はなおも話し続けた。

「造花の白百合でつくった冠をかぶらされた。白百合は匂いがきつい、あれは甘松香《ナルド》だったのかしら。そう、甘松香《ナルド》の冠。一晩中げーげー吐いたわよ。あの日のことは絶対に忘れない。わたしとおなじくらい学校で一目置かれていた友だちのラビニアも同じことをさせられた。天使、ピンク色の天使のかっこうをさせられて（ピンクの天使は水色の天使ほどえらくないの）」

（オクタビオ、僕は君の忠告を思い出した。女をものにしようと思ったら、ぐずぐずしていてはいけないと）

「座らないか？」大理石のベンチの前で彼女を抱きしめて僕は言った。

「芝のうえに座りましょう」と彼女は言った。

彼女は二、三歩退いてから地面に座った。

「四つ葉のクローバーはあるかなあ……それと、君にキスをしたいなあ」

彼女は僕の言葉が耳に入らなかったかのように話を続けた。

「友だちのラビニアはその日に死んだ。あれはわたしの人生でいちばん幸せでいちばん悲しい日。二人揃《そろ》って天使の姿をしたという意味で幸せな日。幸せを永久に失ったという意味で悲しい日」

涙がこぼれているのを告げるべく、彼女は僕の指を瞼に導いた。

「思い出すたびに泣けてくる」彼女は声を詰まらせて言った。「祝いの日は悲劇に終わった。ラビニアの羽にわたしのもっていた蠟燭《ろうそく》から火がついた。ラビニアのお父さんが慌てて娘を助けにきた。彼女をかかえて教会のなかを走りぬけ、中庭を横切り、その人間松明《たいまつ》を抱えたままバスルームに駆け込んだ。バスタブの水のなかに投げ込んだときにはもう遅かった。残されたのは黒こげのラビニアだけ。あとはわたしがいまも大事にしているこの指輪」と彼女は言い、薬指にはめているルビーの指輪を指し示した。「ある日、遊んでいたとき、死んだらこの指輪をあなたにあげる、と約束してくれたの。わたしがわざとラビニアの羽に火をつけたとか陰口をたたく人がいなかったわけじゃない。実際のところ、彼女に優しくしてあげたことを自慢できるのは、わたしだけなのよ。わたしはラビニアには実のお母さんみたいに接していた。面倒を見、しつけをし、悪いところは矯正してあげた。誰にでも欠点はある。ラビニアはプライドが高くて臆病だった。髪は長くてブロンドで、肌は真っ白。プライドの高さを矯正してやろうと、ある日、彼女の前髪を切ってやった。切った髪の毛はお守り代わりに隠しておいた。あの子、あとで、他の髪の毛も短く刈りそろえてもらってたっけ。別の日には香水を一瓶まるごと頬《ほ》っぺたと首筋にかけてやった。白い肌に染みをつけてやったの」

子どもがそばで太鼓を鳴らしていた。追い払おうとしたが、言うことを聞かなかった。

「太鼓を取り上げてみようか？」僕はいらついて尋ねた。

「だめよ、癇癪《かんしゃく》を起こしちゃうから」とビニフレードは答えた。

「今度、どこか、子どもも太鼓もないところで会えないかな？」

「まだだめよ」とビニフレードは答えた。

僕は、こいつは彼女の子どもなのだ、だからこんなに楽しそうなのだ、とまで思うようになった。

「母親、この子の母親だがね、いつまでこの子を放ったらかしにするんだ?」ある日、きつい口調で尋ねてみた。

「だからわたしがお金をもらえるんじゃない」彼女はまるで自分が侮辱されたかのように答えた。

藪《やぶ》のなかに移動して何度かキスを交わしたあと、子どもが絶え間なく太鼓を鳴らすなかで彼女は打ち明け話を再開した。

「フィリピンには楽園があるの」

「ここにだってあるさ」僕はどこかの場所の話でもしているのだと思って言った。

「幸せの楽園。わたしが生まれたマニラという街では、家々の窓が真珠貝で縁取られていた」

「真珠貝で縁取られた窓が幸せをもたらすのかい?」

「楽園にいること自体が幸せと同じなの。でも楽園にはいつだって蛇が忍び込んでくる。いつだってそう。地震、日本軍の侵略、ラビニアの死、すべてが立て続けに起きた。でも予感はあったのよ。わたしの両親は家の玄関に蛇除けのミルク皿を置いていた。ある夜、そのミルク皿をドアの外に置くのを忘れてしまった。父がベッドに入ると、シーツの下になにか温かい感触がする。一匹の蝮《まむし》だった。一発で撃ち殺すには朝まで待たなければならなかった。私たち家族を起こしたくなかったのね。実はこのときにもわたしはなにかが起きると感じていた。ある種の予知能力よ。学校の礼拝堂ではひざまずいてお祈りをさせられたけれど、わたし、ひざまずくといつも足が苦しくなるの。踵《かかと》を外側に向けたり内側に向けたり、どうしても足が落ち着かなくて、ぶらぶらさせていた。ラビニアはそんなわたしをびっくりした目で見ていたわ。彼女はとても頭がよかったけれど、神様の前で人がそんなくだらないことで悩んでいるわけが理解できなかった。彼女は賢い子、わたしは現実離れした子。ある日、本を一冊もって、白百合の咲く野原をうろうろしているうちに、眠りこんでしまった。もう遅い時間だった。懐中電灯をもった人たちがわたしをさがしにきた。先頭にはラビニア。そこの白百合の匂いはものすごくて、つい眠くなってくるの。あのとき見つかっていなかったら、いまこうしてあなたと話していることもなかったでしょうね」

子どもが太鼓を叩《たた》きながら僕たちのそばに座った。

「こいつの太鼓を取り上げて池に放り捨ててやらないか?」僕は思い切って言ってみた。「この音を聞いているとむかついてくる」

ビニフレードは、赤いレインコートを畳んで撫《な》でながら、話を続けた。

「学校の寄宿舎で夜になるとラビニアが泣くのね。獣を怖がって。わたし、彼女の馬鹿げた臆病さを克服させてやろうと思って、ベッドのなかに生きた蜘蛛《くも》を一匹いれてやったことがある。庭で見つけたネズミの死骸やヒキガエルをいれたこともある。なのに一向に効果がなくて、それどころか、しばらくのあいだ、彼女いっそう臆病になった。わたしが家に招いた日に発作を起こしたのよ。ティーセットを用意したテーブルのまわりに父がアフリカでハンティングして剝製《はくせい》にした動物——二頭のトラと一頭のライオン——を置いていた。その日のラビニアはミルクもパンケーキも口にしなかった。わたしはそれを動物たちにやるふりをしたわ。彼女はずっと泣いていた。わたしは彼女を、庭のハンモックまで連れて行って慰めた。ラビニアは夜になるまで泣きやまなかった。わたしは暗くなったすきに木陰に身を潜めてみた。ラビニアは恐怖に涙も枯れてしまった。ひとり取り残されたと思ったのね。ハンモックは母屋から離れたところにあった。ラビニアは木のベンチのそばに立ちすくんだまま、膝《ひざ》をばりばりとかきむしっていた。そこへ、バナナの葉で全身を覆ったわたしが姿を現した。暗闇のなかでも、ラビニアの真っ白な顔と、引っかかれた膝から伝う細い血のあとが見えた。わたしは彼女の名前を三回唱えた。いちいち声音を変えて、ら・び・に・あ、ら・び・に・あ、ら・び・に・あ、と三度。

その凍りついたような手に触れた。彼女は気を失ったと思う。その夜、ラビニアは頭は氷水で、膝はお湯で手当てを受ける羽目になった。ラビニアは自分の親にわたしとは二度と会いたくないと言った。もちろん仲直りしたわ。仲直りのお祝いに、わたしはプレゼントをたくさん抱えて彼女の家を訪れた。チョコレート、赤い金魚の入った金魚ばち、でも彼女がいちばん嫌がったのは緑の服を着て鈴を四つぶら下げたお猿さん。ラビニアのご両親はわたしを温かく迎えてくれて、プレゼントにも大喜びしてくれたのに、ラビニアだけは別。ちなみに金魚も猿も栄養失調で死んだみたいね。チョコレート、ラビニアは口にさえしなかった。あの子ったら妙な癖があって、お菓子をどうしても食べなかったの。わたしがキャンデーとかお菓子をあげても、無理やり口に入れでもしない限りは食べようともせず、それでいつも叱《しか》られてばかりいたっけ」

「どこか別の場所に移らないか?」僕は彼女の打ち明け話を遮って言った。「雨が降ってきたし」

「わかった」彼女はレインコートを着ながら答えた。

ヤシの並木道を渡ってスペイン人記念塔までやってきた。そこでタクシーを探した。僕が運転手に行き先を伝えた。道中、子どものために、チョコレートとパンを買った。そこは逢引き宿にありがちな屋敷だったが、通常のものよりもおそらく若干大きめだった。部屋には金縁の鏡がかかっていて、洋服掛けには白鳥の首のようなハンガーがずらりと吊るされていた。僕たちは太鼓をベッドの下に隠した。

「子どもはどうしよう?」と僕は尋ねたが、戻ってきたのは抱擁《ほうよう》だけで、そのあともさらなる抱擁の迷宮へと誘われた。トンネルのような暗がりのなか、それまで通ってきた明るい中庭との落差に目がくらんだまま、僕たちはさらにその奥へとゆっくり沈んでいった。

「子どもは?」男の子がいつのまにか姿を消していて、麦藁《むぎわら》帽子と白い手袋だけが暗がりのなかに残されているのに気付いて、僕はもう一度尋ねた。「ベッドの下にいるのかな?」

「廊下を探検しにいったのよ」

「誰かに見られたら?」

「家主の子どもだと思うでしょうね」

「ここは子どもの連れ込みが禁止なんだよ」

「じゃあ、さっきはどうやって入ったのよ?」

「君のレインコートに隠れて見えなかったんじゃないか」

僕は目を閉じてビニフレードの体臭を吸いこんだ。

「ラビニアにはずいぶん辛く当たったんだね」と僕は言った。

「辛く当たったですって？　辛く？」彼女は語気を荒げて答えた。「わたしは誰にだって辛く当たる女なの。あなたにもきっと辛い思いを味わわせてやる」と彼女は言って僕の唇を嚙《か》んだ。

「そんなことはできないさ」

「そうかしら。絶対に？」

「絶対だ」

いまだから分かる。彼女は、別の人間により残虐な行為を働くことで、ラビニアに対する罪の意識を払拭《ふっしょく》したかっただけなのだ。悪を通じて罪の意識から免れたかったのだ。

しばらくすると、僕は彼女に請われて、子どもを探しに行った。廊下をうろついた。誰もいなかった。タクシーの停まる中庭で立ち止まり、男女が笑いと嬉しさと恥ずかしさを押し殺しながら降りてくるのを見守った。一匹の白い猫が壁のツタを這いあがった。子どもはその壁のそばでおしっこをしているところだった。僕は子どもを抱きかかえると、できるだけ目立たないようにして部屋まで戻った。部屋に入って最初のうちは、なにも見えなかった。真っ暗だったのだ。それからビニフレードが消えていることに気がついた。財布、手袋、水色のイニシャルが縫われたハンカチ、持ち物もすべて消えていた。慌ててドアを開けて廊下にその姿を探し求めたが、例の体臭すらそこには残っていなかった。ドアを再び閉じて、子どもがベッドカバーの縁飾りを危なっかしく引っ張っているあいだ、太鼓を探し当てた。部屋の隅々をチェックして、ビニフレードがうっかりなんらかの痕跡《こんせき》を残していないか、住所か、親しい友人の住所か、苗字かなにかを印したものがないかを探し回った。

子どもとも会話を試みたが、まるで役に立たなかった。

「太鼓を叩くのはやめなさい。名前は？」

「シンティート」

「それはあだ名だろう。本名はなんだ？」

「シンティート」

「あの子守の名前は？」

「ニーニ」

「下の名は？」

「しらない」

「どこに住んでいる？」

「おうち」

「どこの？」

「おうち」

「そのおうちはどこなんだ？」

「しらない」

「いいか、あの子守の名前を教えてくれたら、飴《あめ》をやろう」

「あめちょうだい」

「まだだ。彼女の名前は？」

シンティートは、ベッドカバーの縁飾りや、絨毯や椅子や太鼓のばちをいじくるばかりだった。

どうすればいいんだ、と僕は子どもと話をしながら考えた。

「太鼓を叩くのはやめなさい。転がしたほうが楽しいぞ」

「どうして？」

「静かでいいだろう」

「じゃあ、あとでする」

「叩くなって言ってるだろう」

「じゃあ、あのナイフをかえして」

「あれは子どものもつおもちゃじゃない。危ないだろう」

「じゃあ、たいこをたたく」

「やめないと殺しちゃうぞ」

子どもが声をあげだした。僕は両手で彼の首根っこを押さえた。頼むから黙れ、と言った。子どもは言うことを聞かなかった。僕は枕でその口をふさいだ。子どもは数分間もがいていた。やがて身動きしなくなり、目が閉じられた。

ためらいこそが僕の破滅を導く原因のひとつだ。僕は永遠にも思える何分かのあいだある言葉を繰り返した。どうすればいい？

いまはただ、閉じ込められたこの牢屋《ろうや》の扉が開くのを、ひたすら待っている。僕はいつだってこうなのだ。騒ぎを起こすのがいやなあまり、犯罪にだって手を染めてしまう。

黒玉《くろだま》

Azabache

俺はアルゼンチン人だ。俺は船乗りになった。マルセイユである医者に狂っているという診断書を書いてもらった。簡単に引き受けてくれた。きっと医者も狂っていたんだろう。首尾よく船を降りることができたが、かわりに精神病院にぶちこまれた。いつか誰かがここから出してくれるなんて思ってもいない。

これが俺の人生。祖国から逃れて船乗りになり、船から逃れて精神病院にぶちこまれた。祖国から逃げたときも、船から逃げたときも、これで自分の過去から逃れるのだと思ったが、実はいまも毎日のようにあの恋の物語を反芻《はんすう》している。これこそが俺の牢獄だ。あいつは上品ぶった女が嫌いだからアウレリアに恋をしたのだ、という奴らもいるが、それは違う。俺はほかのどの女よりもアウレリアを愛した。アウレリアは家政婦だった。ろくに読み書きもできない女だった。目の色は黒、髪は馬のたてがみのように真っ黒でさらさらしていた。食器を洗って床を磨き終えると、すぐさま紙と鉛筆をとって、部屋の隅で馬の絵を描いていた。彼女は馬の絵しか描けなかった。走る馬、飛び跳ねる馬、座っている馬、横たわる馬、葦毛《あしげ》のこともあれば栗毛のこともあり、赤毛、鹿毛、黒毛、青毛、白毛のこともあった。チョーク（があれば）で描くこともあれば、誰かからもらった色鉛筆、場合によっては着色剤や染料で描くこともあった。馬にはすべて名前があった。彼女の好みは黒玉《くろだま》、真っ黒な毛をした荒々しい馬だった。

アウレリアは、朝食を運んでくるときに、俺の寝室のドアを足でどんどんと蹴《け》るのだが、その前に廊下から馬のいななきみたいな笑い声が聞こえたものだ。俺は彼女をしつけることができなかった。しつけようとも思わなかった。俺は彼女に恋をしたのだ。

俺はアウレリアを連れて両親の家を出ると、チャスコムースの町外れで彼女と暮らすことにした。四方を壁で何重にも囲まれた都会で暮らしていると不幸になると考えたのだ。持ち物や車や家具をきれいさっぱり売り払い、あの小さな土地を借りて、不可能な愛の夢を見ながら質素な暮らしを始めた。雌牛を何頭か、そして田舎で生きていくのに必要な馬の群れを安値で買った。

最初のうちは幸せだった。バスルームも、電気も、冷蔵庫も、ベッドのうえに折りたたまれたシャツもない暮らしも、俺には苦にならなかった。愛がすべてを埋めてくれた。俺はアウレリアの虜《とりこ》だった。彼女の足の裏はざらざらで、手はいつも赤らんでいて、行儀作法も決してよろしくはなかったが、気にもしなかった。俺は彼女の奴隷と化していたのだ。

彼女は砂糖が大好きだった。てのひらに角砂糖をのせてやると、ぱくりとくわえたものだ。彼女は頭をなでられるのが好きだった。俺は何時間ものあいだ彼女の頭をなでてやった。

ときどき彼女を探して一日中歩きまわり、どこにも見つからないことがあった。まったく、あんなまっ平らで木一本ない平原の、いったいどこに、彼女は隠れていたのだろう。彼女は裸足《はだし》で帰宅し、髪はくしゃくしゃにほつれていて、どんなに櫛《くし》を通そうとしても無駄だった。俺は、そう遠くもない海岸一帯にカニが棲む沼地が広がっている、と彼女に注意をしておいた。

アウレリアが馬と話している姿を目撃することもあった。ふだんは口数少ない彼女が、馬を相手にしたときには饒舌《じょうぜつ》になった。馬たちは彼女を取り囲み、彼女に懐いていた。彼女のお気に入りの名が黒玉だった。

俺のことを変質者だという奴もいた。同情してくれる奴もいたが、それはごく少数派だった。肉屋ではいい肉を売ってもらえず、雑貨屋では定価の倍をぼったくられた。低能な男だと思われたらしい。周りが敵ばかりになり、俺はずいぶん傷ついた。

敵どもは、あいつはただちょっとでもいい肉がわけてもらいたくて、アウレリアと結婚したのだ、などと陰口を叩《たた》いたが、そいつらには、あの結婚はまっとうな暮らしをするのが目的だったと言い返してやりたい。アウレリアは、馬たちの鼻面に嬉しそうにキスをしたり、自分の髪の毛を馬のたてがみに結びつけたりしていた。そういう遊びを見ていると、彼女がまだ幼くて、純粋な心の持ち主なのだということが、よくわかった。アウレリアは俺のものだった。彼女は、何年も前に一度だけ恋をした、あの爪をマニキュアで塗りたくった、おぞましい上流階級の女とは大違いだった。

ある日の午後、アウレリアが、ひとりの浮浪者を相手に馬の話をしているところに出くわした。二人の話は俺にはちんぷんかんぷんだった。俺はアウレリアの腕をつかみ、一言も言わずに家まで連れ帰った。その日の彼女は、いやいや飯をつくり、ドアを一枚蹴破った。俺は彼女を部屋に閉じ込め、見知らぬ男と勝手に話をした罰だと言い聞かせた。理解していないようだった。アウレリアは俺の許しが出るまでそこで寝ていた。

家から離れてふらふら放浪することが二度とないよう、俺は彼女に、あの沼地では人や家畜が死んでいる、カニについばまれながら溺《おぼ》れて死んでいると言い聞かせた。彼女は耳を貸さなかった。俺は彼女の腕を取って大声で言った。彼女はすっと立ち上がり、頭を反らせて家を出ると、海を目指して歩きだした。

「どこへ行く？」俺は尋ねた。

彼女は振り向きもせず歩き続けた。俺は彼女のドレスをつかんで引き止めたが、びりびりと破けてしまった。俺は彼女の肩をつかんで振り向かせると、やけになって殴りつけた。それでも彼女は立ち上がり、なおも歩き続けた。俺はそのあとを追った。川のそばまで来たとき、俺は彼女にすがって頼み込んだ。頼むからそこから先へは行かないでくれ、先は沼地だ、ひどい匂いのする泥だけだと。彼女はなおも歩き続けた。沼地の狭い道へと分け入った。俺はあとを追った。二人の足は泥に沈み、鳥たちがぎゃーぎゃー鳴く声が聞こえてきた。木は一本も見えず、遠く地平線上にイグサが生い茂るばかりだった。道が二手に分かれる場所まで来たとき、腹まで沼に沈んでいる黒玉の姿が見えた。アウレリアは驚いた様子もなく立ち止まった。すぐさま沼のなかに飛び込み、じわじわと沈みだした。彼女が黒玉のほうに近寄ろうとするあいだ、俺は彼女に近寄って救おうとした。俺は腹ばいになって、まるで爬虫類のように、沼のなかを這《は》いよった。アウレリアの腕をつかみ、いっしょに沈みだした。一瞬、俺はここで死ぬのだ、と思った。俺は彼女の眼を見た。そこには、死にゆく者に特有のあの奇妙な光が宿り、そしてその瞳には馬の姿が映っていた。俺は彼女の腕を離した。そして、沼地のむかつくような水面を虫みたいに這いまわりながら、沈んでゆくアウレリアと黒玉の永遠にも思える最期を夜明けまで見届けた。

生体波

Las ondas

あなたは誹謗中傷《ひぼうちゅうしょう》の言葉を信じるだけですか？　いつまでそんなことを！　人と人とが愛し合い、互いに思いを抱きさえすれば、共に生きていくことができた、少なくとも交際することのできた時代は幸せでした。月はコロンブス以前のアメリカ大陸のような遠い存在でした。一九七五年の冬の日にロサ・ティルダ夫人にコートを差し出したリーナ・ツファンゼルド嬢のことが憎らしくて仕方ありません。昨日、たまたま手にしていた『医学事典』で彼女の紹介を読みました。あの忌々しいコートのせいで、元気なリーナ・ツファンゼルド嬢のせいで、わたしたちはこんな別離と誤解に苦しめられているのです。あの無気力なロサ・ティルダ夫人があそこまで無気力でさえなければ、あのリーナ・ツファンゼルド嬢があそこまで元気でさえなければば、あの古臭いラクダの皮コートが生物の波をあれほど完璧に伝えたりしていなければ、結果として、人類の分子配列が明らかにされることもなく、医者どもが万華鏡を手にした子どものように小躍りして喜ぶようなこともなかったとしたならば、私たちはこんな状況にはいなかったのです。科学の発見とは、まったくもって、怪しげな密談とか卑しく些細《ささい》な出来事に依存しているのですね。人の不幸も、人がいま取り入れつつある習慣も、まったくの偶然に依拠しているのです。実際のところ、私たちは、社会福祉に求められる緻密《ちみつ》な、というより醜悪な計画に諾々と従っている羊の群れのようなもの。ただただ罰を免れるべく、市民としての義務を盲目的に履行し、いっぽう、少しでも頭を働かせてその義務から免れようものなら、たちまち大きな不幸に引きずり込まれてしまう。私、考え始めると、笑ってしまうんです。ロサ・ティルダ夫人が鬱《うつ》で毎日仕事に行けないからといって医者にかかるようなことがなかったなら、彼女の分子配列を変えたコートの一件が衆目を集めたりしていなければ、もはや誰も見向きもしないラクダ皮コートの繊維の値段が高騰したりしていなければ、どうなっていたでしょう。でも、噂《うわさ》によれば学者としても名高いひとりの医者があの件を研究し、私の眼からすればどう見てもそれにふさわしいとはいえない栄誉と富を手にしたというわけです。

私、そこでもあなたに会えるという条件さえあるのなら、別の時代に生まれたかったと思います。一九七五年までの世界はまだましでした。私たちは人によっては進歩と呼ぶものの犠牲者なのです。いまや人類が戦争をする相手は雨や干ばつ、地殻変動、突発的な感染症、平均気温の急激な変化となりました。人類は長いあいだ血の一滴すら見ていませんが、だからといって私たちの苦しみが先祖よりも軽くなったわけではありません。若者の多くが戦場で敵とあいまみえて戦死するのに憧れているそうですね。彼らが個人的充足感を求めるのは自然なことでしょう。

あなたとはこの超小型の金属板（かつてのテレビを想起させます）を通じて連絡をとることができます。ここにあなたの顔が映り、あなたの声が聞こえる。あなたは毎日のように私からのメッセージを受け取り、私の声を聞く。一九三〇年代の野蛮人なら（彼らは現代にも生き延びていますが）私たちは魔法の世界に生きていると思うことでしょうね。でもそんな彼らに私は言ってあげたい。騙《だま》されてはいけませんよ、私はテレビもなかった時代の皆さんより不幸せですからと。子どものために餌《えさ》を埋めておくげっ歯類に倣《なら》って、私も子孫にメッセージを残しておくことにしましょう。あなたが月の鉱山でその地位にふさわしく快適かつ愉快に過ごしていることも、私が地球にいて、あなたの一挙手一投足をうかがいながら、当局に発見されてあなたを忘れる薬を飲まされるのを恐れてこうして隠れていることも、私たちのメッセージを解読する未来の人たちにとっては、じゅうぶん不幸なことに思えるでしょう。

恐ろしいことに、世界の人々は、自らの分子配列と生体波によって分類され、そこに基盤を求めるようになっています。私の考え方が古くさいのでしょうか。七歳のときにあった出来事を思い出すといまも体が震えてきます。マサチューセッツの学校での児童虐殺事件、東京の日本サーカス団での火災、イギリスとドイツの公園で起きた襲撃事件。こうした犯罪を起こしたのは人ではなく分子配列なのだとか、私にはとうてい理解できないことが言われだした。リーナ・ツファンゼルドとロサ・ティルダのカラー写真が新聞に続々と現れ、それらが、人類の救世主として、家々の壁に貼られるようになった。厳しい規制が始まった。最初は移動手段から。グループAはグループBと同乗できない、グループBはグループCと同乗できない、グループCは……これが延々と続く（身分証の顔写真のそばに貼られていた分子配列写真が私は嫌いで嫌いで！）。家族も分断されました。多くの家庭が崩壊しました。私が間違っているのでしょうか？　もともとなんの関係もなかった人々が新しい民族を形成し始めました。自殺も増えた。大半は互いに別れたくない恋人たちか、先生と生徒。私もよく知る十一歳の少年少女、工学部の学生カップルによる心中もありました。婚約者どうしの、恋人どうしの愛だけが強いとは限らない。この点について私たちいつも意見が割れましたね。

身分証を偽造することに決めたとき、私たちはどんなに幸せだったことでしょう。この辛い別れさえなければ、いまでも幸せだったはず。私たちは幸せを得るためにはなんだってする覚悟でした。もうすべてが終わったとあなたは思っているかもしれませんが、それは間違いです。買収にひと財産をはたいてしまったこと？　分かっています、私を責めないで。

あのよく晴れた夏の日の朝に、真実広場の階段をのぼったときのことを、あなたは覚えていますか？　手には書類を握っていた。保健省から発行された証明書では、私たちの生体波の形状は同一。検査に指定された病院を訪れたあと、大きな目を砂糖菓子のように輝かせる真実の像の足もとで立ち止まりましたね。大理石の台座に腰かけて、キスをしてからキイチゴのアイスクリームを食べました。私たちは数日のあいだ、互いに傷つけ合うこともないと思い込んで、未来のことを考えました。あの証明書のおかげで気が大きくなっていたのでしょう、私たちは実際に五日のあいだ傷つけ合わずに過ごしました。私の手であなたに触れてもあなたの皮膚はいつものようにただれたりしなかったし、私の声を聞いても、そのせいであなたがあんな奇妙な悪夢を見ることもなくなりました。私があなたの目に見つめられても、もうロボットみたいに立ち止まったり、向きを変えたりしなくなりました。あなたに抱きしめられてもいつものように息苦しくなりはしませんでした。私たちは一種の奇跡に立ち会っていたのです。私たちは、政府を欺くつもりなどこれっぽっちもないかのごとく、規則と法律に従っていました。証明書が偽造だったことも、私たちの生体波が実は異なることも、どうでもよかったのです。あれほど蔑《さげす》んでいた証明書に合わせるようにして、私たちの体は変容していったのです。私たちはお互い生まれ変わり、合法的に愛し合い、もはや誰にも仲を引き裂かれることはない。ところが誰かが常に真実を語り、そしてその真実は人を救えば破滅もさせる。密告したのは私たちの敵でした。私たちは互いに隔離され、あなたは地球外に追放された。追放の日、あなたは、私が後悔してすべてを白状したのだと聞かされたそうですね。私が自らの過ちと結果として招いた災いを打ち明けたのだと。あなたはそれを信じたのですね。私が世界と距離を置いてこんな洞《どう》窟《くつ》に引きこもっていても、あなたの心が動くことはない。私が人から逃れてこうして交信していることも、あなたにとって愛の証にはならない。私たちの誤解がとけることはない。私たちの愛は誤解から生まれたと思います。だからこれがきっかけで弱まったのではないと私は思うのです。

《体に有益な生体を愛しましょう。体に有害な生体は排除しましょう》と病院のドアに貼られたスローガンは謳《うた》います。《あなたの生体波を管理しましょう》と。生体波とか生体とかいう言葉遣いにはもううんざり!

私を説き伏せようとする医者たちから聞かされた、あの痴情のもつれからくる犯罪の数々を思い出すたびに、心底ぞっとします。

実はひとりの学者（か詐欺師かは知りません）と知り合いました。彼の手術を受けるとあなたのグループに入り直すことができるそうです。数日間はこのメッセージも途絶えることになるでしょう。おそらく私が不在のあいだは犬を金属板の前に立たせておきますね。どうか「ママはどうしたの」とか「お水を飲みなさい」とか「かわいそうな子」とか声をかけてあげてくださいな。いまは手術のことばかり考えています。夜も昼も手術の夢を見ます。どれほどの痛みに耐えねばならないのか、どんな麻酔薬を打たれるのか、体のどの部位をいじられるのかは調べていません。あなたと同じ生体波とパワーをもつグループに属することで、あなたと正常な形で暮らすという希望に賭《か》けているのです。もちろん人格ががらりと変わってしまう可能性はあるでしょう。その新しい人格をあなたが気に入ってくれたらいいのですが。ひょっとしてネズミか墓石にでも変身してしまうのかもしれません。危険ばかり考えていても、らちが明きませんね、頭がおかしくなりそうです。失敗したときには命をもって償うまで。実際のところ、これが、失望した自分と向き合う苦しみに終止符を打つ最後の賭けになるでしょう。

手術が終われば、晴れてあなたの世界に渡るべく、宇宙旅行の予約をする手はずになっています。宇宙遊泳のしかたも覚えるつもり。あなたが私の正直さ、美しさ、愛を信じていたころによく譬《たと》えてくれたような、あの天使や、ギリシア神話の神々のようになるのです。

嫌悪感

El asco

ロサリアが入院しているあいだ、彼は約束を守って髭《ひげ》をのばした。それをチャンスと思った写真屋のエルサリスは代金もとらず――店の宣伝のため――彼の写真を撮り、店のショーウィンドーに飾ることにした。同じ写真が木の額縁に入れられて夫婦のベッドのサイドボードに置かれた。夜にひざまずいて祈りを捧げるたび、ロサリアにはそれが神に対する冒瀆《ぼうとく》のように思えた。いまの夫はまるで聖人のように彼女を当たり前に受け入れてくれる。写真の夫は、宗教のアイコンのようにつややかで真っ黒な髭をたくわえてはいるが、どんなに間抜けで堕落した女でも、一目見ればすぐ、その髭面の男が悪魔のような眉毛《まゆげ》をし、ヒキガエルか毒蛇のような悪臭を放っているのを見抜けることは明らかだ。

あの男がなぜ女性に気に入られるのか、私には一度も理解できなかった。おそらく悪魔のような顔、その甲斐性、あるいは真の顔の形に——私の眼には分かる——修正を施した例の写真が彼を魅力的に見せているのかもしれない。

ロサリアは結婚前から夫に対して嫌悪感を抱いていたが、結婚後は、うそみたいな話だが、いっそうの嫌悪感を抱くようになった。本人は口にこそしなかったが、信頼できる筋から聞いた話だ。彼女はこの男を好きになることはあり得ない、愛するなんてできないと思ったが、人というのは、ときとして「できること」と「できないこと」を勘違いするものだ。蓼《たで》食う虫も好き好き、に類するいろいろな諺《ことわざ》は、あながち間違っているとは言えまい。

ロサリアの家は素敵で、私が働いている美容院の反対側にある。春には遠くからでもマニキュアを塗った女性の手のように見える薔薇《ばら》の木、私のうちにあるウールのカーペットを思い起こさせるノウゼンカズラ、フランス産の花柄絹織物にも負けないほど華やかなルリマツリが、この通りを歩く人の目に必ず留まる。

美容院で働く私たちは、町で起きることを知りつくしている。誰が出て行って誰が引っ越してきたか、あらゆる不審な出来事を。私たちは聴罪師と医者を兼ねているようなものだ。私たちの目を逃れるものはない。私たちなしで生きていける男も女もほとんどいない。客の髪を染め、カールをかけ、カットをするあいだ、彼女の人生は私たちの手に蝶の燐粉《りんぷん》のようにくっついてくる。なるほど私たちの祖父母の世代は、家族全員の髪の毛をつかって、あれほど忘れ難い肖像画を描いていたわけだ。髪の毛ほど雄弁で、熱烈で、秘密が好きなものは他にない。

ロサリアの家が素敵で町じゅうの人たちが羨《うらや》ましく思っていたことは、彼女自身にとっては慰めではなく、悩みの種になっていた。これほど素敵な家なら別の男と暮らしていたほうがずっと幸せだったろう、この辛い生活のことを考えたら、どれだけ装いをこらしても表面的で、こんなのは幸運の無駄遣いだ、と考えていたのかもしれない。

若鶏六羽に大量の果物にバターやボトルとなんでも収容できる巨大な冷蔵庫、輸入物の洗濯機、電気ミシン、高級素材の家具類、装飾品と娯楽用を兼ねた高級テレビ、食器類もテーブルセットもみな高級品だった。夏は涼しくて食堂代わりにもなる中庭にはいくつもの鳥籠《とりかご》があって、小鳥たちがコンサートのバイオリン奏者のようにさえずっていた。しかし、これだけあっても、彼女は幸福ではなかった。妻たるものは、神の次に夫を愛すべきなのだから。

結婚した当初、ロサリアは家のなかをまるで人形の家のように飾り立てた。すみからすみまで整理が行き届いていた。夫のために手の込んだ料理を作っていた。通りに面したドアの前を通るだけで揚げ物のいい香りが漂ってきたものだ。家のやりくりについて大した知識も経験もない、ロサリアのような育ちのいい女が、あれだけこなせることに皆が驚いた。有頂天の夫は妻にどんなものをプレゼントすべきかもわからなかった。金のネックレスを贈った。自転車、革のコート、それでもまだ足りないといわんばかりに、小さな宝石をちりばめた高価な時計まで。

ロサリアが考えていたことはただひとつだけ。どうやって夫に対する嫌悪感と拒否反応を克服するか。何日ものあいだ、夫の感じをよくする方法を思い浮かべた。女性の友だちをけしかけて夫を好きにさせようと試みた。嫉妬《しっと》を通じて愛に至ることができると考えたのだ。でも、少しでも夫のほうが裏切るそぶりを見せたら、別れてやるつもりだった。

ときどき目をつぶって夫の顔を見ないようにしてみたが、実は彼の声も、外見に勝るとも劣らぬほど気持ち悪かった。髪をなでる振りをして耳をふさぎ夫の声を遮断しようとしたが、今度は見ているだけで吐き気がしてくる。彼女は不治の病に直面したかのごとく、もはや治療は不可能だと考えた。彼女は長いあいだ、目もうつろに、まるで売れ残りのパンのようにポツンと呆けていた。苦しみを少しでも和らげようと、愚かなことに熱中する子どものように、飴玉《あめだま》ばかりをしゃぶっていた。私の同僚は言ったものだ。

「あの奥さんはどうしちゃったのかしら？　夫のほうは彼女にぞっこんだというのに。いったいなにを望んでいるの」

「愛されて幸せとは限らない、幸せとは愛することなのよ」と私は答えた。

しかし、世の中、やる気さえあれば、なんとかなるもの。ロサリアはあれこれと試行錯誤するうちに、夫に忠実でまじめな振りをしている大多数の女たちよりもずっと深く、夫に対して本物の愛を抱くようになった。

私たちは最初のうち、あの見ているだけで可愛そうな苦しみから彼女が解放されたなんて、あり得ないことだと思った。彼女は顔色まで変わった。肝臓の薬もハーブティーも必要としなくなった。ところが安堵《あんど》もつかの間だった。あの悪魔みたいな風貌《ふうぼう》の髭もじゃ旦那の心のほうが今度はロサリアから離れだしたのだ。最初は私たち美容院の従業員が、次第に何人もの人が、夫が女といちゃついている姿を目撃するようになった。しかも相手は毎日違う女だった。どこかの口の悪い人——いつだってうようよ湧いて出てくる人種——が、件《くだん》の女はこの私だなどと言いだした。私は美容師で近眼だから、髪型と眼鏡を替えるのはお手のものだろう、ということだった。馬鹿じゃないだろうか。私は近眼なんかじゃない。多少乱視があるだけだ。

夫は深夜のとんでもない時刻に、靴を泥だらけにして、船乗りみたいな煙草と酒の匂いをまき散らしながら、泥棒みたいにこっそり帰宅するようになった。妻のロサリアにはヘアピンのひとつすらプレゼントしなくなった。完全な放置。いっぽうのロサリアも家事をしなくなった。カナリアたちは死に、花々は枯れ落ちた。彼女は一日中嫉妬に苛《さいな》まれながら針仕事に精を出していた。長さも不揃《ふぞろ》い、縫い目もめちゃくちゃ、もともと針仕事は苦手な人だったけれど。

私の客でも友でもあるロサリアの髪の一本一本にこんな疑問符がつくようになっていた。夫はどこ？　いつ帰るの？　ブエノスアイレスのどこで女たちと密会をしているの？

冷蔵庫が故障した。部屋の隅にゴミがたまるようになってもロサリアはまるで気にしなくなった。なにか悪いことがいまにも起きるはずだった。

ある日、鶏をさばくときに使っていた肉切り包丁を取り出して、私の目の前で振り回しながらこう言った。

「こうなったらこれでめった切りにしてやるわ」

頭に血がのぼってはいるけれど、きっと愛しているからなのだ、と私は思った。とりあえず横になるようにすすめたが、どうしても言うことを聞かない。私は一日中、自分の仕事をしながら店の反対側にある家を見張り続け、惨劇が起きる瞬間をいまかいまかと待ち構えた。ブラインドは閉じたままで、なかで人が死んだみたいにひっそりとしていた。結局なにも起きなかった。

「好きになるのにあれほど頑張ったせいか、今度は別れるのが惜しくなってきたわ」翌日、ロサリアは、私にこう言った。

彼女はすっかり変っていた。もつれた糸をより分け、編んだ毛糸をほどくようにして、自ら編んだ愛をほどいていった。夫のなかでいちばん魅力を感じた部分が嫌悪感の源になっていたことを知って、彼女は心底がっかりした。あれだけ苦労をしてようやく勝ち得た愛という感情を捨て去るのは難しい、というより、ほとんど不可能だったが、世の中、やる気と時間さえあればなんとかなるもの。

夫婦は食事のあいだ一言も交わさなくなった。恥知らずな夫が外をうろついたり、私を誘いに来たりしない祝日には、二人してほとんど一日中寝るようになった。ブロンズ製のベッドに載ったマットは、背中あわせに眠る夫婦の、憎しみに満ちた乱暴な動きのせいで、形がすっかり歪《ゆが》んでしまった。

時間はかかったが、例の嫌悪感は、再びロサリアにとりついた。家は再び人形の家みたいになった。気がかりの種がなくなったロサリアが家事をせっせと再開したからだ。夫はロサリアの心を再び取り戻そうとして、指輪をプレゼントした。

これがまたすごい指輪だった。握手でもしようものなら相手の指を傷つけてしまうほどの大きさ。信じがたいが本当のことを言っておこう。夫は優しい性格になり、以前と同じく食事の時間も守るようになった。夜歩きもしなくなり、女と一緒の姿を目撃されることもなくなった。ロサリアは、お出かけするときかパーティーに招かれたときにだけ、例のアクアマリンのついた金の指輪をはめていた。私なら四六時中つけているだろう。おしゃれに関してロサリアは万事控え目なのだ。いま私はロサリアの髪を染めている。愛そうとするあまり、愛するのをやめようとするあまり、ふたたび愛そうとするあまり、彼女の髪には白いものが混じるようになった。結局のところ、髭の旦那も、そう悪い男ではないのかもしれない。あらゆる男がそうであるように。

これが彼らの顔であった

Tales eran sus rostros

これが彼らの顔であった。彼らの翼は上方に広げられ、それぞれ、二つは互いに連なり、他の二つはおのおののからだをおおっていた。

エゼキエル書一—十一

年下の子たちはどうしてそれを知ったのだろう? 理由は決してわかるまい。さらに彼らがいったいなにを知るに至ったのか、年上の子たちはそれをもう知らなかったのかも解明する必要がある。しかしながら、あれは現実の出来事であって空想などではなかったと、そして彼らのことを知らず、学校やあそこの教師たちのことを知らない者だけがなんの気兼ねもなくあの出来事を否定できるのだとも考えられる。

いつものようになんの意味もなく、ただ儀式としてのミルクの時間を告げる鐘が鳴らされたとき。あるいはもう少しあとの休憩時間、学校の奥にある中庭に向かって駆けていたとき。いやきっと彼らは年齢も性も関係なく、無意識のうちに、少しずつ、毎日だんだんとあのことを知るに至ったのだ。至ったと述べたのは、様々な情報から推測するに彼らはその瞬間までなにかを待っていたこと、それによって別のなにかとても大切なことを改めて腰を据えて待ち始めるようになったことがわかるからだ。曖昧《あいまい》な言い方をしているが、ほかにもいろいろ憶測が飛び交っているその瞬間以降、彼らが無垢《むく》を失うことなく、ただし幼少期に特有のあどけなさはなくして、ほかのことをまったく考えなくなったということだけは確実にわかっている。

考えれば考えるほど、子どもたちはそれを一斉に知ったと思わざるを得ない。寝室で眠りにつくとき、食堂で食事をとるとき、礼拝堂で祈りを捧げるとき、中庭で鬼ごっこやマルティン・ペスカドール〔鬼さんこちらの一種〕をするとき、教室に座って課題をしたりお仕置きを受けるとき、ハンモックで昼寝をするとき、バスルームで体を洗うとき（日々の心配事を忘れられる大切な時間）、みな陰鬱《いんうつ》で焦点の定まらぬ目をした彼らの心は、ちいさな機械のように、同じ思考と、同じ願いと、同じ希望の物語を紡いでいた。

国の祝日や教会の祝日、あるいはいつもの日曜日、着飾って清潔な顔に髪をきちんとまとめた子どもたちが通り過ぎるのを見た人々は、口々に言ったものだ。

「この子たちは同じ家族か謎の信徒会にでも属しているのだろう。みんなそっくりだ。親も大変だろうよ！　どれが自分の子か見分けがつかないのだから！　通っている散髪屋も同じなのだろうね（女の子は男の子、男の子は女の子みたいだ）。まったく世も末だ、むごいとしか言いようがない」

実際、彼らの顔はそっくりで、まるで服にプリントされた模様か、彼らの胸に掛けられたペンダントのルハンの聖母のように、うつろだった。

でも最初のうち彼らは、彼らのひとりひとりは、鉄の鎧《よろい》を着せられたかのように気持ちを通わすこともできずに硬直し、孤独を感じていたのだ。痛みを覚えてもそのひどさを分かち合えず、喜びですら、分かち合えねばかえって辛いものになった。種類がばらばらの犬か、絵で見る先史時代の獣のように、彼らはたがいに違った生き物のまま、卑屈に生きていた。そのころにはまだ四十に枝分かれしていたあの秘密も分かち合えず、そのまま永遠に分かち合えないものと信じていた。ところがひとりの天使が、ときに大衆を助ける天使がやってきて、宣言書を抱える候補者か英雄か暴君の肖像画のように輝く鏡を掲げて、彼らの顔がどれほどそっくりであるかを示したのだった。四十の顔はみな同じだった。歳も出自も違う四十の心はみな同じだった。

どんな恐ろしい秘密でも、分かち合えば恐ろしくなくなることがある。その恐怖が喜びを、絶え間ない交流という喜びをもたらすからだ。

しかし秘密が恐ろしいものだったと考えるのは早とちりである。実際、恐ろしかった秘密が美しく変わったのか、美しかった秘密が恐ろしく変わったのかは誰にもわからない。

心穏やかなとき、彼らは、いろいろな色をした花模様の便せんに可愛らしいシールを貼り付けた手紙を交換していた。手紙は最初のうち短かったが、やがて長く、込み入ったものになった。みんなに受けとってもらえるよう、ポスト代わりの便利な場所が選ばれた。

幸せな共犯者となった彼らは、日々の暮らしで起きる困難も気にかけなくなった。

誰かひとりがなにかを決めようとすると、すぐさまほかのみながそれに従って行動した。

まるでみながみなと同じになりたがっているかのように、年下の子たちは背を高く見せようと爪先立ちで歩き、年上の子たちは背を低く見せようと屈《かが》んで歩いた。赤毛の子がいれば毛の色を薄め、肌の浅黒い子がいれば肌の色をできるだけ薄めていたと言ってもよかったくらいだ。どの子の目にも、その明るい色を際立たせるような栗色か灰色の線が輝いていた。もはや誰も爪を嚙《か》みはせず、最後まで指をしゃぶっていた子もそれをやめた。
荒々しい身振り、同時に起きる笑い、騒々しく集まったと思ったら、すぐさま目や、まっすぐな髪や、わずかに縮れた髪のなかに隠れるように悲しげになったりと、彼らはなにをするのも一緒だった。あのかたい結束があれば、軍隊だって、餓えた狼の群れだって、伝染病も飢えものどの渇きも、文明を絶滅させるべく仕組まれた疲労さえをも打ち負かすことができただろう。

彼らはある滑り台のうえから、自分たちの輪に割り込んできたひとりの男の子を悪意ではなく熱意から突き落とし、危うく殺しかけた。ある通りでは、彼らに見とれてしまったひとりの花売りが屋台もろとも轢《ひ》き殺されそうになった。

夜の衣裳部屋では、ネイビーブルーのひだつきスカート、ズボン、ブラウス、ごわごわした白い下着、ハンカチが、それを着る子たちが不眠のなかで発する命《めい》を帯びたように、ひしめき合うようになった。揃《そろ》いの靴はますます似通い、力強い規律のとれた軍隊となって、夜に誰も履いていないときも、昼にみなが履いているときも、その歩を進めるようになった。その靴底には見えない魂の泥がついていた。誰も履いていない靴たちがどれだけ悲しい顔をしていたことか！　手から手へ、口から口へ、胸から胸へ渡される石鹼《せっけん》の泡が子どもたちの魂の形を帯びるようになった。爪や歯を磨く粉、ブラシにくっついた泡。どれもが同じ形を帯びるようになったのだ！

「声は話のできる人間をばらばらにします。話のできない子たちは身の回りにあるものに自らの力を伝えるのです」と教師のひとりファビア・エルナンデス先生は述べているが、その彼女にしたところで、あるいは同僚のレリア・イスナガ先生やアルビナ・ロマリン先生にしたところで、孤独な（不幸から身を守り、幸福に身を捧げる）人間の魂にときとして住みつく閉ざされた世界に入り込むことはできなかった。その閉ざされた世界が四十人の子どもたちの魂に宿っていたのだ！　教師たちは職務に熱心なあまり、懸命になってその秘密を探り当てようとした。秘密というものが魂にとって有害になり得ることを知っていたのだ。世の母親は子どもが秘密をもつのを怖がる。どんなに美しい秘密にも思わぬ毒蛇が潜んでいるかわかったものじゃない！　と彼女らは考えるのだ。

教師たちは秘密を探ろうとした。配管の壊れた屋根裏を検査するとか、母屋に入り込んだネズミを駆除するとかいう口実で、子どもたちの寝室を不意打ちにし、いきなり灯りをつけた。静かにさせるという口実で休み時間に割って入り、騒ぐと、近所のご病気の方やお葬式の邪魔になるとか、けちをつけた。宗教行事をきちんとこなしているか見張るという口実で礼拝堂に入ると、そこでは神に対する愛の陶酔のなかでいやがうえにも高まった神秘主義が生みだす、支離滅裂な、しかし騒々しく難解な言葉が飛び交い、蠟燭《ろうそく》の炎が子どもたちの不可解な顔を照らしだしていた。

子どもたちは羽ばたく小鳥たちのように映画館へ、劇場へ、慈善興行の会場へと立ち寄った。そういう見世物を楽しみ、気を紛らわす機会がたくさんあったのだ。子どもたちの頭はいっせいに右から左、左から右へと動き、外から見る限り、誰の目にもそっくりになっていた。

子どもたちが同じ夢を見ていることを最初に察したのはファビア・エルナンデス先生だった。みなが宿題のノートに同じ間違いを書くので、個性のなさを叱《しか》ると、彼らには似つかわしくない優しい笑みを浮かべた。

仲間のしたいたずらでお仕置きをされて嫌がる子はいなかった。仲間のした善行で褒《ほ》められても嫌がる子はいなかった。

先生たちは、生徒の一人か二人が、ほかの生徒たちの宿題を代行していると何度も咎《とが》め立てた。そうでもなければ、どの宿題も字がそっくりで、作文もほぼ同じ内容であることの説明がつかなかったからだ。だが先生たちは、それがありもしない疑いであったことを知る。

美術の授業で、先生が生徒たちの想像をかきたてようと、思い浮かんだものをなんでもいいから描くように言うと、全員が、危うく思えてくるほどの長い時間をかけて、形や大きさは違えども、その先生によるとどれもみなそっくりな翼を描いたという。なぜいつも同じ絵を描くのかと叱りつけると、生徒たちは口答えをしたあげく、黒板にチョークで「だって翼しか思い浮かばないよ、先生」と書いた。

たちの悪い誤解に陥ることなく、彼らは幸せだったと言えるだろうか？　子どもたちのあの限られた世界に限定するなら、どう考えてもそうだったと言わざるを得ない。夏をのぞけば。街の熱気が先生たちにずっしりとのしかかった。子どもたちが駆けっこや木登りをしたり、中庭ではしゃいだり、崖《がけ》を転がり落ちたりして遊びたい時刻にも、お昼寝、恐るべきお昼寝の習慣がそれらの遊びに取って代わった。蝉が鳴いていたが、暑さをいっそう激しくするその鳴き声も子どもたちには聞こえなかった。ラジオががなり立てていたが、ねばつくアスファルトに反響して夏をさらに耐えがたくするその音も子どもたちには聞こえなかった。

子どもたちは、陽光を遮って暑さをしのぐためのシェードをかぶった先生たちのあとを追って時間をつぶし、先生が目を離すと、バルコニーから身を乗り出して野良犬に声をかけ、どれもそっくりな未来の飼い主候補を見て驚いた犬をわんわん吠えさせたり、通りがかりのご婦人を見ると、両手を鼻の前で合わせてからかって、激怒したその婦人が学校のベルを鳴らして無礼な生徒たちの文句を言いにくることもあった。

ある思いがけない寄付のおかげで、子どもたちは海辺でその夏を過ごすことになった。女の子たちは、自らの手と針と糸で、ささやかな水着をこしらえた。男の子たちは、安い店で海水パンツを買った。生地はひまし油の匂いがしたが、誰にでもよく似合う現代風のデザインだった。

先生たちは、初めての夏の旅行という一大行事を強調すべく、地図の大西洋に面した青い点にピンを刺して、これから向かう先を子どもたちに教えてやった。

子どもたちは大西洋の夢、砂浜の夢、どれも同じ夢を見た。駅から出てゆく列車の窓越しに揺れていた無数のハンカチが鳩の群れのようだった、と新聞に掲載された写真の下には書いてある。

目的地に着いても子どもたちは海をろくに見ようともせず、本物を見るより先に想像上の海を見続けていた。新たな景色に慣れてくると、彼らを抑えるのは難しくなった。子どもたちは雪の結晶によく似た形の泡を追って波間を駆けた。しかしその喜びを前にしても、子どもたちがあの秘密を忘れることはなく、おごそかに部屋へと戻って、そこで互いの交流を深めるほうがいっそう楽しかった。恋を知らない子どもではあったが、恋にとても近いなにかが彼らを結び付け、楽しませ、わくわくさせていた。先生たちからずるい質問をされると、年上の子たちまでもが年下の子たちに影響を受けて顔を赤らめ、首を横にすばやく振って、わからないと答えた。いっぽうの年下の子たちは、何事にも動じない大人のようにふるまった。ほとんどの子たちが花にまつわる名をもっていた。ハシント、デリオ、マルガリータ、ハスミン、ビオレタ、リラ、アスセノ、ナルシソ、オルテンシオ、カメリオ。両親が選んだ可愛らしい名。彼らはそれらを虎のように硬い爪で木の幹に刻みつけ、ちびた鉛筆で壁に書きつけ、指で湿った砂に描いた。

彼らは幸せに胸を躍らせ、街への帰途に就いた。帰りは飛行機に乗ることになっていたからだ。その日から現地では映画祭が始まっていて、飛行場には人目を忍ぶスターたちの姿が垣間見えた。子どもたちは笑い過ぎてのどを痛めていた。景色を見つめ過ぎて目が真っ赤になっていた。

記事は各紙に掲載された。以下がその全文である。『初めての海水浴に出かけていた聾啞《ろうあ》学校の生徒四十名をのせた旅客機、不慮の事故に見舞われる。飛行中にドアのひとつが勝手に開いたことが惨事の原因か。教員たち、パイロット、他の乗員たちは全員無事に着陸。取材に応じた教員のファビア・フェルナンデス氏は、奈落の底へ落ちて行った子どもたちに翼が生えていたと証言、最後の男子一人を救出しようと試みるも、男子の腕は同氏の手からすり抜け、他の生徒たちを天使のように追っていったという。その光景の強烈な美しさに心を打たれたフェルナンデス氏は当初からこれを事故とみなすことができず、忘れ難い天国の情景であると考えている。同氏は生徒たちの失踪をいまだに信じられずにいる』

「私どもに天国を見せるべく地獄に飛び降りるだなんて、神様の悪いいたずらにしか思えません」とレリア・イスナガ先生は証言する。「事故だなんて私は信じません」

アルビナ・ロマリン先生はこう述べる。

「すべては子どもたちの見た夢だったのです。広場でブランコに乗るときによくそうしていたように、私たちを驚かせようとしたのでしょう。あの子たちが消えてしまったと言われたって、私は絶対に納得しませんから」

聾啞学校の校舎に貼られた「空き物件」の赤い紙や、ブラインドで閉ざされた窓を見ても、ファビア・フェルナンデス先生は一向にひるまない。かつて子どもたちがそうだったように仲間の先生たちとしっかり団結し、かつての校舎を訪れては、壁に書かれた生徒たちの（それを彼らが書いたときには散々叱りつけた）名前を、そして幼い筆遣いで描かれた奇跡を証明するいくつかのちっちゃな翼を見つめる。

雄牛の娘

La hija del toro

アマリア・ルフォに

家を囲む林のそばの、実がなると蜂蜜の匂いがするイチジクの木に、牛たちは鉄輪で繋《つな》がれていた。

足の爪が犬みたいにねじ曲がり、硬く、黒ずんでいたせいで〈犬足〉と呼ばれていたニエベス・モントビアは、獣をさばいた後、犬たちを従えて牛の前に置かれた木の椅子《いす》に腰かけると、犬に向けてか、わたしたちに向けてか、牧場事務員のロペスに向けてか、油まみれの三弦ギターをつま弾いて、忘れ難いけれど意味はいまもわからない、こんな歌を歌った。

テンギ、テンギが吊るされた
テンギ、テンギがにらんでる
テンギ、テンギが落っこちた
テンギ、テンギが食っちまう

朝ごはんを食べる前から、生肉とイチジクの匂いに胸がむかむかさせられたけれど、わたしはいつも犬足を追いかけまわしていた。赤土の地面に血の染みがこびりついていた。なにもかもが赤かった。ぱっくりと開いたイチジクの実、牛の肉、赤土、わたしのサンダル、ロペスのひっかき傷。

ぼうず頭に青いズボン姿のわたしは、兄たちにそっくりだった。彼らといっしょに働いていた。刈り取った羊毛にくっついた木屑《きくず》を取り、雑草を抜き、燃料用の羊の糞《フン》を集めると、みんなで干上がった沼のそばにある丘まで駆けっこをした。栗の木の下で、牛脂を煮詰めて石鹸《せっけん》をつくった。わたしたちの姿を見かけた犬足がギターを抱えてやってきたり、わたしたちが彼のそばに集まることもあった。わたしたちは彼からウィンクのしかた、雌鶏に催眠術をかける方法、牛のつぶし方、汚い言葉、煙草の吸い方を教わった。彼はポケットから〈雄牛の娘〉という名の煙草を取り出し、わたしたちに分けてくれた。煙草をまとめている包装紙には、花輪をかぶり、雄牛に抱きついている女の絵が描かれていた（精密な写生画で、よくみとれたものだ）。

「雄牛にどうして人の子がいるの？」わたしは彼に尋ねた。

「おまえが誰よりよく知っているはずだ」

「どうしてわたしが知っているのよ？」

「おまえさんも雄牛の娘だからさ」と犬足は言った。「まったく物好きな子だな。いいよ、見せてやろう、雄牛が人の子をつくるところを」

わたしは物好きなんかじゃなかった。わたしにはそれよりほかに、たぶんそれよりもっとひどい悪癖があった。

わたしは悪魔のような遊びを発明した。兄たちはあれが犯罪だったと思っていて、自分は決して加わっていないと今も言う。わたしたちは栗の実と棒で人形をつくっていた。この人形のひとつひとつが家族の誰かを表していた。犬足と兄たちがトウモロコシの髭《ひげ》や羊や豚の毛で、髪の毛や顎鬚《あごひげ》といった細部を仕上げて、実物とそっくりにしてくれた。

夕暮れ時、焚火《たきび》がみんなの顔を明るく照らすなか、わたしたちは人形を鍋にくべた。間違いのないよう、その名前を唱えながら。儀式はたいてい、犬足が非番の日曜日に行われた。おじのひとりが死んだ。わたしたちは呪いが効果を発揮したことを知った。それでも遊びをやめることはなかった。

ニエベス・モントビアはわたしにいつもよくしてくれたわけではない。雄牛の娘を匂わす歌を歌って、からかってくることもあった。

あの女の子は
なんと雄牛の娘
名前はアマリア

わたしは昼寝の時間に抜け出して、雄牛が娘をつくるところを見に行った。家屋に隣接する囲い場で犬足と落ち合うことになっていた。誰にも見つからないよう、走ってそこまで行った。息を切らしてフェンスの手前まで来ると、牧場の見張り番と犬足が煙草を吸いながら待っていた。雄牛が雌牛の尻にのしかかっていた。動物がそういう格好をしているのを何度見てきたことだろう！　わたしは口を開かずに見守っていた。やがて犬足が沈黙を破った。

「ご満足かい？　これが見たかったんだろう」

「ばか」わたしは頭に来て怒鳴った。「きっと痛い目に遭わせてやる」

わたしは日曜日が来るのを心待ちにした。そして人形のひとつを犬足と名付けた。人形は半人半牛にした。畜殺人であることを表すため、彼がお気に入りの雌牛レミヒアのお尻にのしかかっている様子を再現したかったのだ。この人形をつくるのには難儀した。ワイヤーや釘をつかってたくさんの脚と尾をつなぎとめ、男の髭や巻き毛を再現しなければならなかった。

あのときほど日曜が待ち遠しかったことはない。時間が時計では測れないような、昼と夜が神の手でつくられたものではないように思えた。あまりに遅くてわたしは歳をとった。七歳ではなく十歳になった気がした。わたしたちは人形を鍋にくべた。最後の一体を投じる前に、わたしは金切り声でその名を呼んだ。これは犬足とレミヒアよ。

わたしは髭もじゃのケンタウルスを振り回した。自分の名を耳にした犬足は、まるで酔っ払っているみたいに微笑《ほほえ》みながら唸《うな》ったが、愛する雌牛の名を聞いて、ふいに顔を曇らせた。

「俺のことは煮ても焼いてもいいが、レミヒアだけは勘弁してくれ」彼は声を詰まらせて言った。

わたしはたぶん後悔した。だって犬足は家族じゃない。殺す理由がないからだ。

わたしたちはケンタウルス人形を鍋から救い出そうとした。熱湯で手にやけどを負った。ようやく引き揚げた人形は、脚も、髪も、尻尾もちぎれてしまっていた。

「これで犬足もレミヒアも一巻の終わりだ」とニエベス・モントビアは言った。「せめてみんなで葬ってやろう」

わたしたちはシャベルで穴を掘り、ケンタウルスを埋めた。土を被せてから、摘んできた花を手向けた。ニエベス・モントビアは、そのちっちゃな自分自身の墓の前にひざまずいた。それがわたしの彼に関する最後の記憶になった。牧場では犬足が失踪したという噂《うわさ》が流れた。わたしは最初のうち、犬足がわたしたちをからかっているのだと思っていた。わたしたちは何日ものあいだ、藪《やぶ》のなかや、牧場の隅々まで彼のことを探しまわったが、彼の姿もレミヒアの姿も二度と見ることはなかった。イチジクの木の下には、雨水で少しずつ腐ってゆく雌牛のような油まみれのギターだけが残され、牛脂を煮詰める鍋のそばでは、ロペスの鼻歌だけが聞こえるようになった。

アメリア・シクータ

Amelia Cicuta

葡萄《ぶどう》の房をささげもち夏には案山子《かかし》代わりにもなるバッカス像のある中庭が、イルマとエディミアのウルビノ姉妹の家では忘れ難い。

イルマはブエノスアイレスで最も評価の高い優れた婦人服仕立職人だった。客の肩に生地をのせ、腰のまわりにめぐらせ、胸やヒップを目立たせる手さばきに、その高度な技能がうかがえた。ピンをたくさんくわえて客の足もとにしゃがみ、スカートの縁をかたどってゆく姿に、その類まれな能力がうかがえた。いっぽうエディミア・ウルビノは布地を裁断し、ドレスのハンガーをそろえ、客のために店のドアを開け、客がはけてから床を箒《ほうき》ではいて、散らかった針やピンを集めたりするくらいだった。

最初のうちは微々たるものだったが、次第に高い値がつきだして、姉妹は少しずつ稼ぐようになり、落ちぶれてしまった両親くらいの財を蓄えるまでになった。姉妹はマル・デル・プラタに、いわくイワシの缶詰ほどの小さな家を買った。人の嫉妬《しっと》を買いたくなかったのだ。テレビ、床磨き器、掃除機、洗濯機、冷蔵庫、自動車などが、ブルサコからスクーターで、あるいはアベジャネーダからバスでやってくる求婚者たちの目を引いた。すらりと伸びた脚に細いウエストをもつイルマは男たちのあこがれの的だった。エディミアは姉のピンボケ写真みたいな女で、男たちの気を引くこともなかったが、それは彼女にとってまったくどうでもよいことだった。エディミアは男に興味はなかった。みな髭《ひげ》があり、いくら剃《そ》っても生えてくるし、あの体は、どんなに彼らが小便するのに便利だと言おうが不便極まりないように見えるし、衣服にもズボン釣りだの靴下留めだの無駄なものが多過ぎる。エディミアの興味の対象は猫だった。十五歳になってから毎朝、猫たちに生肉と残飯を届けていた。ブエノスアイレスには、パレルモ公園や植物園やレサマ公園といった場所で猫に餌《え》づけをしている人たちが大勢いるが、彼女、エディミアは、街中のあらゆる猫に餌《えさ》を届けていた。猫たちも彼女を知っていて、呼べば集まってくるし、いまでは前よりお金もあれば車もあるから困ることはない。猫たちが大好きなサーロインステーキや魚を届けてやれる。ミルクは銀の皿に注いで届けてやれる。エディミアは毎日違う地区を訪れた。すると猫たちが集まってきた。彼女が一言、にゃー、と呼べば、猫たちはすぐに寄ってきて、家族のように親しげにぴょんと車のなかに闖入《ちんにゅう》してきた。イルマは旅行や避暑をあきらめざるをえなくなった。

エディミアは猫を放置するわけにいかず、イルマはエディミアを放置するわけにいかなかった。金がまたたく間に消えていった。猫の餌代があまりに高くついたからだ。「捨てる内臓とか腐った肉とかじゃダメなの？」とイルマは尋ねた。「猫はデリケートなの」とエディミアは答えた。「変な餌をもっていったら、なにを言われるかわかったもんじゃないわ」イルマはあきらめた。

エディミアは、もっとも辺鄙《へんぴ》な場所から近郊地区に至るまで、ブエノスアイレスのすみずみを車で回り続けた。ある日、アルマグロ通りで、ぽっちゃりした猫たちが集まって日向ぼっこをしたり、だるそうに脚をなめているのを見かけた。エディミアは急ブレーキをかけ、完璧な声で、にゃー、と鳴いた。ドアを開け放つと、猫たちがみな車の中に入り込んで来たが、一匹だけが路上に寝そべったまま、グルグル、とうなり続けていた。腹を立てたエディミアは、車を降りて猫に近寄ると、こんな風に話しかけた。「都心からはるばる来てやったというのに、だらしなく寝てるってわけね。それでいいの？　それで当然？」猫は身動きひとつしなかった。

エディミアはその背中をそっと撫《な》で、餌を少し口に入れてやった。猫はこわごわ頭を上げて、もっと、とねだった。エディミアが肉を与えると、猫はやがて満足して立ち上がり、のっそりと立ち去った。エディミアはもう一度、にゃー、と呼びかけたが、猫はひとを小馬鹿にした虎のような足取りで歩き続けた。エディミアは猫のあとをつけ、市場と広場と空き地を横切り、一軒のプレハブの家の前にたどり着いた。エディミアは門から部屋のなかを窺《うかが》った。男がひとり、先ほどの猫に餌を与えていた。家の外の鉄柵に、陽に照らされて、十四枚の毛皮がぶら下がっていた。エディミアのいた場所からは、色や動物の種類がよく分からなかった。近づいてみると、それは猫の毛皮だった。彼女は家のドアをどんどんと叩《たた》いた。男が愛想良く招き入れてくれた。

「猫の流行《はや》り病？」エディミアはおそるおそる尋ねた。

「どの猫だい、お嬢さん？　近所の猫かね？　たしかにあいつらは鋭い眼をしているし、毒蛇みたいにたちが悪い、病気をうつすかもしれんが……」

「違う。猫の悪口を言っているんじゃない」エディミアは見とれてしまうような笑みを浮かべて言った。「さあ、教えて。猫の流行り病でも起きているのかしら？」

「なぜ私に訊《き》くのかね、お嬢さん？」

エディミアは体を震わせた。男に襲われるのではないかと思ったが、落ち着いて尋問を続けた。

「外の柵に猫の毛皮があるでしょ。なにかの病気で死んだのかと思ったの」

「あの毛皮はどいつも健康だった証拠だよ、お嬢さん。私が伝染病にかかった猫を食ったりすると思うかね？」

「食べる？」エディミアは息を呑んで呟《つぶや》いた。「まさか！」

「いやかね？」

「決まってるじゃない！」

「猫がいやだという女もいれば、好きな猫を私が食うのをいやだという女もいる。君はどっちかな、お嬢さん？　まさか君は、鶏や、あのでっかい牛を食わんとでもいうのかね？　鶉《うずら》、若鶏、あの消化に悪い鳩、七面鳥、あの賢い豚どもを食わんのか？　魚もだ、あれだって立派な動物だぞ、水のなかで生きておる」

「あなたは地獄行きよ」エディミアは呟いた。

「その地獄に君がいてくれたら光栄だね」

「いてやるわ。気をつけるのね、猫を食べ続けるというのなら」

「だから、君は牛肉というものを食わんのか、さあ、どうなんだ？」

「猫は別なの。たとえば犬やキリスト教徒を食べようとする人がいないのと同じよ。あなたの名前は？」

「トルクアート・アンゴラ。君は？」

「アメリア・シクータ。あなたを小動物保護局に訴えてやる」エディミアは声に凄みを利かせて言った。

「無駄だね。まあ、聞きたまえ」トルクアート・アンゴラは、娘におしっこをさせるときの母親みたいな猫なで声になって言った。「猫がうじゃうじゃやってきた。餌をあげたらまた来た。私はあいつらの毛皮でコートをつくり、あいつらが寒がったら、それを着せてやる。そうするとあいつらがまた太る。いっぽう小動物保護局がなにをしてくれるというのかね？」

「おぞましい」エディミアは呟いた。

「見たまえ、こいつらは私を慕っているんだ」トルクアート・アンゴラは肩に這《は》い上がってきた猫を指さして言った。「まさか焼きもちかい？」男は意地悪な表情で言った。

「あなたは保護してから殺してる。罪のない生き物を太らせてから食べているのよ。おぞましいわ」

「おぞましいだって？　ほら、こいつの名前は猫先生だ、ほかの猫たちに人のように振舞う作法を教えてくれるんだよ」

「かわいそうな子！」エディミアは声を張り上げた。「わたしにその子を貸して。ちょうどいい塩梅《あんばい》に太らせてあげるから」

「なんなら差し上げよう、私は食いしん坊だが、エゴイストではない」

「お断りします。何日間かわたしの家に引き取るだけよ。この子がわたしの毛玉で遊ぶところを見てみたいの。あなた、仕事はなに？　無職なの？」

「私が霞を食って生きているとでも？　勤め先はラジオ局だ。君は？」

「ソーセージ工場で働いてます。で、あなた、猫を食べるほどお困りなの？」

「これは節約じゃない、食習慣だ。八時から六時はちゃんと仕事をしている」

エディミアは男に別れを告げ、猫先生を脇に抱えた。震えながら車まで歩いた。家にペットを持ちかえるのは初めてだった。姉はなんて言うだろう？　姉の客たちは？

猫先生はエディミアにまるでなつかず、それで彼女の計画遂行はかえって楽になった。彼女は猫先生に二か月間餌を与えたあと、あるよく晴れた日の午後四時、トルクアート・アンゴラの家に送り届けた。すべては入念に計画してあった。彼女はストリキニーネをふくませた生肉入りの小袋を携えていた。人目を引かぬよう、少し手前で車を停めると、アンゴラの家まで歩いていった。ひざまずき、毒入りの肉を猫に食べさせてから、立ち去る直前、目に涙を浮かべて、猫の頭にハンマーを勢いよく振り下ろした。それから猫が死んだのを確かめると、手袋をはめた手で、ポケットから取り出した紙切れにこう書いた。『トルクアートさんへ。猫先生が食べごろになりました。あなたのために太らせておきました。どうぞお召し上がりください。アメリア・シクータ』彼女はメッセージを添えた猫をドアのそばにそっと置いた。

翌日の新聞の三面記事に、トルクアート・アンゴラ毒殺の報道は出ていなかった。エディミア・ウルビノはそれから数日にわたって新聞を買い続け、記事が出てくるのを待ち構えた。自分と同じようにトルクアート・アンゴラも偽名だったのではないかと考えた。アルマグロ通りに戻る気にはなれなかった。でも、トルクアート・アンゴラと猫先生が地獄で自分を待っているであろうこと、自分の本名がエディミア・ウルビノで、葡萄の房をささげもつバッカス像が中庭にある家に生まれたことも、これからはなんの意味もなくなるということはわかっていた。まるで、生まれてこのかたずっとアルマグロ通りのあの荒れ地で暮らしてきて、本名がアメリア・シクータであるかのように。

イシス
Isis

彼女の名はエリサだったが、リシと呼ばれていた。誰かが最初のエルをとり、最後にエスをつけてイシスと呼ぶようになった。いつも窓辺に座って外を見ていた。わたしはイシスと同じアパートの下の階に住んでいた。外を通りかかる人たちは言った。

「あそこに白痴の子がいる」そして、風船か流れ星でも見るかのように、イシスのことを見あげるのだった。

人形、本、ジグソーパズルの箱。彼女はどれにも見向きすらしなかった。食事と睡眠の時間が終わるといつも必ず窓辺に陣取った。窓から見えていたのは路面電車が通る道、アイスクリームの屋台、暇な色男、籐《とう》の籠《かご》や椅子《いす》でいっぱいの荷車。そして、その向こう側の動物園と

（これはあとで分かったのだが）ある動物。いまから思えば、目をこらさずとも彼女にはあれが常に見えていたのだ。太陽を見つめていると、目を閉じてからもまばゆい染みが目の奥に残されるように。

イシスは人から話しかけられると微笑《ほほえ》んだが、相手の発したなにかの言葉の末尾だけを、思わず口にする程度だった。あの子は完全な白痴ではなく、白痴のふりをしているのだ、と考える人もいた。空が夕焼け雲で覆われていても、部屋の暗がりのなかにあっても、イシスはいつもその大きな緑の目をまぶしそうに細めていた。彼女は身動きひとつせず、その静けさは、あの巨大な檻《おり》のなか、白く塗られた哀れな張りぼての雪山で自らの影にくるまれて鏡のようにじっと見つめ合う、鷲たちをしのいだ。眠るか肉を貪《むさぼ》るとき以外は決して目を閉じないジャガーをしのいだ。

ときには、夜空を、黄色い尾をもつ彗星が横切ることもあった。

「ごらん、流れ星だよ」と声をかけられても、彼女は見ようともしなかった。「あんなに大きな目をしているのにもったいない、なにも見えていないんだ」と人は言った。

彼女が首や目を動かしてなにかに目を向けることは決してなかった。ある日、母が劇場へ持参していたオペラグラスが与えられた。フレームは螺鈿《らでん》だった。彼女はそれを取り落とした。

おもちゃのがらがらや万華鏡も与えられたが、同じだった。

飛行機が飛んでも、ヘリコプターが舞っても、兵士が行進しても、祭の行列が近づいてきても、彼女が目を向けることはなかった。なにも彼女の気を引かないと言ってもよかったろう。

家族や使用人、そしてわたしも含めた友だちの少女たちが、よく彼女を散歩に連れ出していた。川まで行くこともあれば、ブランコや滑り台のある広場へ行くこともあったが、彼女は遊具にも興味を示さなかった。家に近い動物園へ連れて行くこともあったが、彼女のほうからどこかへ連れて行けと言うことは決してなかった。それは思うに、彼女が控えめで従順な性格だったからではなく、自らの目的に忠実だったから、そして楽しくないことでも諦めて身を任せると決意していたからだ。

間違いなく、イシスは、家政婦ロムラのお気に入りだった。浴槽に洗剤がこびりついていたとか、食卓に塵《ちり》が積もったままにしたとか、電話に出なかったとか、文句をつけてくることがなかったからだ。ロムラには申し分のない状況だった。

永遠に変わらぬ午後が繰り返されたが、そのうちのひとつがわたしにとって不吉なものになった。

一九六〇年一月三十一日、わたしは彼女との散歩を任された。イシスの母は娘のことを一歳の赤ん坊扱いしていたから、二人きりで散歩を任されるのは、わたしにもそれが初めてのことだった。夏の暑い日だったから川へ行こうとしたが、動物園のゲートにつながる角まできたところで、イシスがわたしのスカートの裾《すそ》を引っ張り、あごで動物園の入口を指し示した。わたしたちはなかへ入った。あんな聞き分けのいい子の望みに逆らうことはできなかったし、あれほど長いあいだ意志表示すらしなかった子のこと、あの身ぶりはまさしく命令だった。とりあえず回転木馬の前にあったベンチに腰かけ、それから園内をまわり始めた。イシスは、本物ではなく砂に描かれたように見えるある動物の前で立ち止まった。その動物の巨大な目に、わたしたちの姿が映し出されていた。園内のちょうどその位置から、イシスが毎日のようにはりついていたあの窓辺が見えることを、そのときわたしは知った。まさにそれが、イシスが見つめていた動物、イシスを見つめていた動物であることを、わたしは理解した。

「手を握って」わたしはイシスに言った。すると、わたしの手を握ったイシスの手が、だんだん毛と蹄《ひづめ》で覆われていった。わたしは怖気《おじけ》づいてその手を離した。変わりゆくイシスの姿を見る気にはなれなかった。ようやく振り返ってみると、地面に脱ぎ捨てられた服の山だけが見えた。わたしは彼女を探した。わたしは彼女を待った。わたしは彼女を見失った。

レストラン〈エクアドル〉の事故

El siniestro del Ecuador

その夜、家政婦が非番だったので、わたしたちはレストラン〈エクアドル〉の跡地にできた新しい店に連れて行かれた。かつての建物はその一年前に倒壊し、ウェイターたちを押し潰していた。つまり皆が瓦礫《がれき》の下で亡くなったのだ。事故はどういうわけか、客たちが皆帰ったあとの深夜十二時に起きた。

両親はその店に足しげく通っていた。料理がうまかったからでも、調理が速かったからでもなく、習慣が半分、あとの半分は我が家から五ブロックのところにあって安かったから。

両親をいつも相手にしていたウェイター、つまり「彼らの」ウェイターは、ずいぶんと奇妙な顔つきをしていたので記憶にもしっかり刻まれていた。両親によると、言葉では説明し難いが、一度見ればウェイターが百万人いる店でもすぐに彼を見つけることができるという。彼らが正確に覚えていたのは、前掛けにいくつも染みがついていたこと、そしてパンの芯のような顔の白さだけだった。彼が運んでくる料理のどれもが偽物に思える日があったそうだ。ライスかと思ったらパスタ、パスタと思ったらサヤインゲン、ジャガイモと思えばサツマイモ、揚げバナナと思ったら魚、マルメロのデザートは赤カブのピューレの味が、水は肉の味が、肉はワインの味がした。ひどいのは、両親がこうしたことをコックではなく、ウェイターのせいにしていたことだ。二人ともそれが当然と考えていた。いったいなぜこのデザート皿に盛ってある果物には味がないのか、ミカンもリンゴも教会の献金箱みたいに味がない、バターとパンの味はまるでボール紙だ、まったくおもちゃの家の食い物じゃあるまいし。両親とも、わたしが聞いていないと思い込んで、こういうことを口にしていたが、子どもは親の話をなんだって聞いている。ウェイターの名はイシドロ・エベルスといった。

レストラン〈エクアドル〉に着いたとき、父と母は、新しい店にかつての店の名残がまったくないのを見て驚いた。テーブルクロスには染みひとつなく、音楽もかかっていなければ、金色の植木鉢もサイドボードもなく、やかましいラジオの音もなく、壁は真っ白で、椅子《いす》はフェイクのレザー製だった。

ホール奥の壁際に席を用意してもらった。わたしたちは鏡の前のテーブルに着席した。父と母はメニューを交換し合い、時間をかけて吟味した。母はどちらかというとこってりした料理が好きだ。オイスターとか肉の炭火焼を好む。オレンジとアヒルのローストにブラックソースをかけた料理、茹《ゆ》でたイカのイカ墨和え、クリスマスプレゼントの詰まった小さな匂いのする靴下みたいに色々な食材をぎゅうぎゅう詰めにしたパイ、そういうものが好きなのだ。母はオイスターと肉の炭火焼を注文した。父はときどき奮発してミラノ風カツレツを注文することもあった。ただ、このときはメニューをじっくり吟味してから、お決まりの台詞《せりふ》をウェイターに言った。

「とりあえずライスを頼む」

父は少しのあいだウェイターの前掛けを見ながら考え込んでいた。前掛けの染みがどれもそっくりだ。可愛そうなイシドロ・エベルス。一年前に死んでしまった。そこの足場、そこの家具、そこの皿に埋もれてしまったのだ、きっといつもの果物皿を手にしたまま死んだのだろう。フォークや、ナイフや、割れたスープ皿や、フルーツコンポートとかにまみれて死んだのだ。父はゆっくりと、恥ずかしそうに、注文を続けた。相手は新しいウェイターだから、安い料理ばかり頼む客には容赦しないだろう。

「ライスと、あとはステーキだな」

「ええ、存じておりますよ」ウェイターが割って入った。「焼き加減はしっかりめ《ビエン・コシード》で、マッシュドポテトとシンプルなレタスのサラダを添えて」

父がびっくりして目を上げた。なんてなれなれしい奴だ。

「この子たちのもお願いするわ」母が言った。「新鮮な卵があればポーチドエッグにしてちょうだい、それからパスタとステーキ。デザートはチーズとマルメロのゼリーで」

父はウェイターの染みだらけの前掛けをもう一度じっと見つめ、自分の目が正しかったことを確かめた。視線が相手の頭の高さまで来ると、そこにイシドロ・エベルスのあの真っ白な顔、百万人のなかからでも見分けられるあの顔があった。父は彼を見つめ、彼の手を、爪の手入れが行き届いた赤い手を見つめた。

イシドロはわたしのコートをとってハンガーにかけ、家族全員のコートも順にかけていった。それから、調理場へ通じているらしい、右手のドアへと消えて行った。

母が目をまじまじと見開き、小声で父に言った。

「イシドロ・エベルスだわ！」

「夢でも見ているんじゃないのか?」と父は答えた。

わたしたちは笑いだした。

「なんのことなの？　どうしてそんなにぎょっとしているの？　イシドロ・エベルスって誰のこと？」わたしは誰か知っているのに、わざと母に尋ねた。

「イシドロ・エベルスはさっきのウェイターよ」と母は言った。

「それのどこが変なのさ？」と兄が尋ねた。

「別に」と母は言った。

「別にもヘチマもあるか。一年前にこの店で起きた事故で当時のウェイターは全員死んだんだぞ。そして、その中にはイシドロ・エベルスもいたのだ。事実はありのままに伝えねばならん」父が怒って言った。

「信じちゃだめよ」と母は言った。「お父さんは嘘をついているの」

わたしたちは笑った。

「あいつ、死体みたいな顔をしていたね」兄がウェイターが消えて行ったドアのほうを見ながら言った。「死んだって本当ですか、それともデマですかって尋ねてみようよ」

「明日の映画館に連れて行かないわよ」と母は言った。「そんなこと言っちゃって！」

少ししてから、イシドロ・エベルスが皿をもって現れた。兄が尋ねた。「一年前にこの店で起きた事故でウェイターが全員死んだって、本当？」

ウェイターは顔色ひとつ変えずに答えた。

「全員亡くなりました。私の同僚たちです。ひとりも助かりませんでした」

「イシドロ・エベルスは？」

「イシドロ・エベルスも死にました」

わたしたちは食事を続けた。ウェイターは素早く歩きまわっていたが、わたしたちの料理を運んでくるのだけは恐ろしくのろかった。パンを運んで来たときには、焼くのを忘れている始末だった。母が言った。

「話しかけないほうがいいんじゃない？」

「なぜだ？」と父は言った。

ウェイターは慌ててパン皿を抱えて走ってゆくと、今度はトーストしたパンを山積みにして戻ってきて、それをテーブルに置くと、ふいに話しだした。

「イシドロ・エベルスは他の連中よりも時間をかけて死にました。腰のところに落下してきた巨大な梁《はり》に六時間も挟まっていたんです。いわば彼の人生最後のハグですな」

ウェイターは椅子をとってきて、わたしたちと相席になった。彼は話し続けた。

「彼は子どものころから蝙蝠《こうもり》が怖かったんですが、あの夜は、蝙蝠が頭上で飛ぶのをずっと見つめていました。あたりは戦場のようで、何人ものウェイターたちがナイフを手にしたまま倒れていました」

「子どもの前でよしてちょうだい」と母が言った。「この子たちが、今晩、寝られなくなっちゃうでしょう！」

「死は誰にでもやってきますよ、奥さん、遅かれ早かれね」とイシドロ・エベルスは話し続けた。「食器棚は無傷でした。テーブルや衣装かけや椅子の類は、まるで巨大な戦場のように、砕けて散らばっていましてね、そこをネズミどもが駆け回っていましたよ。皆さんもご存じのように、前の店にはネズミがわんさかいましたからね。イシドロは夜が明けるのを見て、五時の鐘、六時の鐘が鳴るのを聞き……それからようやく、彼をハグしていた巨大な梁の下から抜け出しました。家に帰ると誰もいません。ガレージで自分の通夜をしていたんです。彼はガレージに行きました。長いガレージの奥で、彼の妻がさめざめと泣いていたので、彼が抱き寄せようとすると、妻は彼の姿を見ることなく、隣にいた姪っ子に話しかけました。

『このひんやりした風はどこからくるのかしら？』

『エテリンダおばさん、ドアはどれも閉まっているわよ』それから少しして姪は小声でこう言いました。『イシドロおじさんが生き返ったらどうしましょう？』『これこれ、変なことを言うんじゃありません。あなたはまだ子どもだから死ぬことの意味を知らないのよ。この棺桶、わたしが見たなかでいちばん高かったんですからね』と妻は言うと、彼の棺に近づいて、木材にとりつけられたブロンズの飾り彫刻を人差し指でそっとなでたのです。姪っ子の気を紛らわそうとしたのですな」

「それで、あんたの名前は？」兄がわくわくしながら言った。

「私の名前はイシドロ・エベルスです」

まさにその瞬間、顔を真っ赤にした給仕長がやってきて、ウェイターに向かってこう告げた。

「こんなところでなにをしている！　仕事に戻らんか！」

「でも、今、このおじさんとイシドロ・エベルスの話をしているところなんだよ」と兄が抗議した。

「たしか規則の定めるところでは」給仕長は母に向かって言った。「ウェイターによるお客様のテーブルへの同席は許されておりません。例外は失神か死亡のみ。そのときのみ犠牲者はフロアに寝ることが許されます、さすがに死人を働かせるのは行き過ぎですから。他にもたとえば家族、父とか母とか兄弟が客だったというケースも検討されました。そういう場合は（規則の定めるところでは）ウェイターは改めて家族と同席すべく別のレストランを選ばねばなりません」

「そりゃそうよね」と母が言って給仕長の話を遮った。

「でもイシドロ・エベルスは死んでいるんだ。こいつは一年前に死んだんだ」と兄がすごい剣幕で答えた。

「それがなんだというのです。この問題は個人的なことじゃない。そのスタッフと、スタッフ全員が守るべき規則が問題なのです」給仕長は椅子から立とうとしないウェイターに言い渡した。「貴様はクビだ」

ウェイターはかすかに微笑《ほほえ》み、給仕長がいなくなるのを待ってから、わたしたちに向かって言った。

「毎日がこの調子なんですよね」

彼は立ち上がると、わたしたちのデザートを運んできた。ふわふわの甘いメレンゲだった。

彼は皿をテーブルに置き、ポケットからカードを取り出した。

「私の住所をお渡ししておきましょう」と言うと、鉛筆でそそくさと書き込みをした。

両親に対する嫌がらせだろう、彼はわたしの顔を見ずわたしにその名刺を手渡した。黒い文字で彼の名が書かれていた。イシドロ・エベルス、チャカリータ墓地、E区画九番。

「お粗末な我が家をご覧になりたいことがあっても、花は要りませんよ！」

母がわたしの手からカードを奪い取ったが、わたしはその住所をしっかりと覚えた。わたしは兄のほうを見た。驚きの眼差しという長い橋を渡り、ようやく兄の目にたどりついた。わたしたちはイシドロ・エベルスの信奉者となっていた。そして、たとえ彼が死んでいたとしても、必ず会いに行くことに決めた。その夜、わたしたちは一睡もしなかった。

近親相姦
El incesto

ファナ・イヴリッチに

わたしはいまもお人形が大好き！　マクラメ織のカーペットを敷いた寝室に、わたしのお気に入りの子、つまり最後にもらったいちばんきれいな子が座っている。

「できれば女の子がいいわ、男の子じゃなくて」わたしは人形のどれかを思い浮かべながら夫に言ったものだ。

夫からはいつも愛想の良い返事が戻ってきた。

「わかっているさ」それからいつもの優しい言葉が続く。「無理をしちゃいけないよ」そして夫は家を出て、いつもの角から路面電車に乗るのだった。ブエノスアイレスを探し回っても、あんなにいい夫は見つからないでしょう！

　わたしは身ごもっていた。嬉しさと、自信と、未来へのときめきが、たぶん、妊娠中の女の人が被る不快感からわたしを遠ざけていた。それに、お針子の仕事があったので、へこたれている場合ではなかった。わたしは冬のあいだ、毎朝、ディオニシア・フェラーリ先生の裁縫工房に通い、同じ年頃のご婦人たちに混じって布の切り方や縫い方を学んだ。鋏《はさみ》や針やピンを操るのは、手に快楽を伝えているようだった。実は、思考が別のことを気にかけるあまり体を離れてしまい、わたしはそういう肉体的な快楽と縁がなくなっていた。母のように接してくれるディオニシア先生は、ときどき午後にわたしを引き止め、ミルクやバニラを混ぜたホットチョコレートをふるまってくれた。わたしの舌と胃は快楽を味わったが、真のわたしは上の空だった。舌なめずりをするあいだも、その心配ごとが病気のように膨らんでゆき、わたしを悩ました。

　もしかして、わたしたちは、他人の不幸を我がこととすべきなのかしら？　全人類と常に団結していなければならないのかしら？　わたしは、自分のこういうおかしな精神状態の原因が、妊娠にあるとみなしていた。ディオニシア先生は母のように接してくれたし、午後にはミルクやバニラを混ぜたホットチョコレートをふるまってくれたし、裁縫工房では窓際の特等席を用意してくれて、ご自分の真珠を散りばめた指抜きや特別製の鋏をわたしに貸してはくれたけれど、実際のところ、たとえばわたしの夫が失業しているのに、わたしの母が静脈炎にかかっているのに、先生は気にかけてもくれなかった。ありのままに言う。わたしは本当は自己中心的な理由で悩んでいた。母になろうとしていたわたしは、世のあらゆる母や娘に起きることが、どういうものにせよ、気になってしかたがなかった。女というのは母か娘のいずれかなので、わたしは全世界の女のことが気になった。そんなことはかつてなかったことだ。人類のことなんて、前は、どうでもよかったから。

ディオニシア先生の工房はボカのネコチェア通りにあった。その家は床のワックスがけに使う石鹸《せっけん》のように黄色く、黒く塗られた鉄柵にはブロンズ製の装飾が施され、中庭には二本のヤシの木が悲しげにしなだれていて、嵐の日には、まるで空の雲をはく箒《ほうき》のように揺れた。通りに面した側にはディオニシア先生の親戚たちの暮らすいくつかの部屋があり、反対の奥の、植物の生い茂る中庭の向こう側に、ディオニシア先生と家族の暮らす区画があって、先生はやけに長くて幅の広い寝室を花柄のカーテンで区切り、片側を工房として使っていた。

わたしは帰宅すると無駄に気を紛らわそうとした。週刊誌『顔と仮面』をめくった。わたしは読書好きなのだ。お祈りより読書のために燃やした蠟燭《ろうそく》のほうが長い。打ち明けたって恥ずかしくもない事実だ。わたしは隠しごとをしない。ひどい話も普通に口にする。雑誌で、真っ黒な顔をして、きれいなドレスに身を包み、パリで馬車に乗っているマダガスカルの元女王ラナバローナ・マンジャカの写真を見ても、わたしは笑わない。パリ・ベルリン間自動車レースの初優勝者の写真を見ても、わたしは驚かない。マドリードのクリスタル宮殿のファッションショーでお披露目された最新のショートコートを見ても、欲しいともなんとも思わない。ポワチエの誘拐された女性の写真を見ても、わたしは恐怖におののかない。ナポリの聖ジェンナーロ祭に行きたいとも思わない。妊婦向けの記事「あなたの胃は神経系のガレージです」を興味もなくめくる。ゲレーロ劇団の公演『皇帝ネロ』にはこれっぽっちも興味がない。サン・ニコラス・デ・アロヨのオンブーの木の上で暮らしている隠者の話を読んでも、わたしの心は少しも動かない。婦人ものジャケットのセールという広告を見ても、まるで欲しくはならない。わたしは本当のことを言っている。フローレスの湿地帯にあるという日時計の写真が載っていた。わたしならそんなものを見るのにお金は使わないだろう。贋金《にせがね》つくりで話題になったフラブリッチ司祭の記事を見ても、わたしが眉《まゆ》をひそめることはなかった。これは病気なのだろうか？わたしは自問した。ディオニシア先生の告白さえなければ、わたしが働いていたあの家でなにが起きていたのかを知ることはなかったのに。

オラシオ・フェラーリは妻を愛していなかった。彼女とはベッドを共にせず、夫婦の交わりを避けようと、窓辺に置いた窮屈《きゅうくつ》な簡易ベッドにひとりで寝ていた。口さがない人たちの噂《うわさ》によれば、彼は賭《か》けごとにお金を浪費していた。どんな賭けごとかって？　わたしが知るはずもない！　闘鶏、競馬、それともカードゲーム？　ディオニシア先生は朝から晩まで泣いていた。オラシオはいい男、あまりにもいい男だったから、わたしは彼に嫌悪感を抱いたり、彼を悪く思ったりすることができずにいた。彼の顔は高貴かつ穏やかで、そのたたずまいは非の打ちどころがなかった。

夫婦は顔をあわせば喧嘩をしていた。いさかいの原因は大して重要ではなかった。大統領府の紋章に星がいくつあるか、あそこにはランプが七百あるか八百あるか、そんなことが彼らの口論の一部をなしていた。ソンの王様の家がどこにあるか、フロリダ通り二二〇番地か三四〇番地かといったようなことが、生死を分ける議論に発展することもあった。雑誌で五匹の猫と三匹の犬を産んだ雌猫の話を読めば、フェラーリ夫婦は生まれた子猫と子犬の数をめぐって争った。でも、わたしが思うに、すべてのことは娘のリビアが原因だった。リビアは両親の会話の端々をつかまえて、ときにはそこへ深く切り込み、夫婦仲を乱そうとしていた。わざとしていたとは言えない。十二歳のリビアはまだおぼこい子どもだったからだ。でも、たしかなことは、あの家庭に平和がなかったということだ。わたしまでもが罪の意識を覚え始めた。わたしは心配性なのだ。おねしょをしていた幼少期に、そうなるようしつけられた。

オラシオはよくわたしのそばに座って、わたしが裁縫をするのをじっと見つめていた。わたしは緊張してしまった。幸い、リビアがいつも、わたしと彼とのあいだに入ってくれた。オラシオはまるで「僕がキスをしているのは娘のリビアだけど、心のなかでは君にキスをしている」とでも言うようにわたしを見つめながらリビアにキスをした。ある日、わたしは鋏で手を切ってしまった。オラシオは、いつものように大真面目に、信じがたい行動に出た。わたしの手を取り、口を開けて傷口を見つめながら、こう言ったのだ。

「血を舐《な》めとってあげる、感染症にでもなったら大変だ」

彼はすぐさまわたしの指をくわえて、血をべろべろ舐め出した。わたしは彼の湿った舌のぬくもりを感じて、ぞくっと震えた。その瞬間、オラシオが獣そっくりに思えて、嫌悪感を覚えた。わたしが顔を赤らめると、リビアがまるでくすぐられたみたいな笑い声を立てた。わたしは指をスカートでぬぐうと、何事もなかったように裁縫仕事に戻ったが、オラシオの視線がうなじに熱く注がれているのを感じていた。その日以来、彼の濡れた輝く目を思い出すたび、わたしは、いつもあの湿った口のなかの感触を連想することになる。わたしは見えずとも彼を見つめていたし、見つめずとも彼の姿が見えていた。決して媚《こび》を売っていたわけではない。彼が恋に落ちたのも、わたしのせいではない。口さがない人たちは、わたしが彼を誘惑したと言うだろう。あのころわたしは、ディオニシアに命じられるがまま、屏風《びょうぶ》の陰で、あるいは彼の目の前で、客のためにしつらえた派手なドレスを着せてもらったり、やがては、バレリーナのワンピース、熱帯風の衣装、ウェディングドレス、葬儀用のドレスなどを次々に着せられ、鏡の前を歩いては、自分の目でそれらの衣装が細部まで——結び目、縁飾り、首回りのレース、ドレスのそでロ——きちんと仕立てられているかを確かめていた。わたしは裁縫工房のほかの女たちから嫉妬《しっと》されていたと思う。そうでもなければ、二か月前にコメディ・フランセーズの火災で亡くなっていたフランス人女優、アンリオが愛用していたのと同じドレスを着せてもらった日の、あの子たちの顔色をどう解釈すればいいいと？　雑誌であの過剰なまでに派手な葬儀を見たとき、わたしは思わず屋上に出て「白よ、純白のドレスよ、さらば」と叫んでしまって、建物の警備員に注意されたものだ。わたしはこう思った。この子たちは、わたしがあの、飼い犬を助けようとして死んだ頭のおかしなフランス人女優の信奉者でもファンでもないのを知っているはず、だったらなぜ、こんなきつい目でわたしを睨《にら》むのかしら、女優と同じドレスを着ているわたしを見て、なぜ話しかけてこないのかしら？　それは嫉妬のせい。それ以外に理由はないはず。わたしは妊娠しているというのに、とても華奢《きゃしゃ》なままだ。ウエストは蜂のようにくびれていて、身長はアルゼンチン女性としては少し高いほう。母は、あなたの体型は他の女と違う、と言う。

わたしは男の子を産んだ。母としての義務を果たすため、裁縫工房は一年ほど休ませてもらった。しばらくぶりにフェラーリ家の工房に戻っても、特に変化はなかった。わたしは仕事に戻った。ディオニシアとオラシオとリビアは以前と同じように接してくれた。わたしはオラシオへの愛を募らせていた。

忘れようもないある日、ディオニシアがわたしに言った。

「あなたに話があるの。今日の五時にここを出ましょう。布地とリボンの買い付けに行くのを口実にしますからね」

ディオニシアが外出に口実を設けることは一度もなかった。わたしたちはそわそわしながら着替えて外に出た。家から遠くまで来たところでディオニシアが言った。

「あなた、オラシオが異常者だってことは知ってるわよね、変態だって」わたしは恐る恐る頷《うなず》いた。「浮気をされてもわたしは平気なのよ、だけど娘の尻を追いかけまわすなんて鬼畜の所業だわ、もう耐えられない」

わたしは恐る恐るあきれかえった。オラシオはわたしに恋をしているのであって、娘はその隠れ蓑《みの》に過ぎないのを知っていたからだ。

「いまから四週間後に」とディオニシアは続けた。「リビアと家を出て行きます。スペインを目指すつもり。あなたには港まで見送りに来てほしいの。友だちの見送りにいくという口実にするから。最後に誰にも見られずこっそり乗り込む手はずよ。もう切符も買ってある。マルセイユ号の」

彼女はブラジャーの内側から封筒を取り出して、なかにあった切符を見せてくれた。その四週間に真相を打ち明けることで、わたしはオラシオを守ってあげることもできただろう。彼の無実を証明するには、わたしが悪者にならねばならなかった。わたしはなにも言わなかった。ディオニシアはわたしを信じ切っていた。彼女は生まれついての男たらしである娘なんかより、わたしのことをずっと愛していたのだ。

出港の日、わたしはいつもより早くディオニシア・フェラーリの家に着いた。ベッドの下に、ほんのわずかな旅用の服を詰めた荷物が二つ隠してあった。

出勤前に朝食をとっているオラシオの姿が見えた。二時間後、わたしたちは車で波止場へ向かった。わたしは震えながら船が出て行くのを見守った。日傘の下で、わたしは目頭に浮かぶ熱い涙をそっとぬぐった。

ティルテの湯治場

Las termas de Tirte

彼らはティルテの湯治場の真四角の部屋に腰かけていた。ティルテの湯治場はその名を広く知られていた。その温泉水は湿疹、肝臓病、腎臓結石、リューマチ、神経の乱れ、高血圧、多くの人の目を害する慢性結膜炎のほか、どんな病にも効いた。病人たちは湯治場にやってきて、ずっと病気の話をしていた。誰もが自分の病気のほうがひどいと主張し、聞いた相手はそのことを認めようとしなかった。彼らはまるでそのためだけに生まれてきたかのように温泉水を飲んだ。飲みこむ前に口をゆすぐ者もいれば、うがいをする者、聖餅《ホスチア》のように口に入れたままじっと動かさない者、コップの湯が減ったのがわからないほどゆっくりと味わう者もいた。お世辞にも魅力的とはいえないあの山のような病人のなかから、ルーシーが恋をすべき男を見つけることになろうとは、僕は思ってもみなかった。あの気難しいルーシーが。僕は毎週末彼女のもとを訪れては、湖のほとりや広場のベンチで夜を明かし、宿代を節約していた。

病人たちがひしめき合うなか、医師のサムエル・オルティガスが、温泉水の魔力について語っていた。

「魔力だって？　悪魔の力ということかい？」僕は彼に言った。

硫黄を含む温泉浴場が開く午後五時ともなると、病人たちの熱気はいやがうえにも高まった。午前中は温泉水を飲みながら楽しげに語っているが、午後になると、どこかのプライドの高い病人が自分の肝臓のひどさを自慢し、どこかの節操のない病人が醜くはれ上がったリューマチを披露し、どこかの無礼者が最悪に膿《う》んだ結膜炎を主張するなどして、殴りあったり、ひっかきあったり、コップを投げつけあったり、大変なことになった。

美と静寂で知られていたあの場所で、僕は大いなる憂鬱《ゆううつ》を感じたが、くつろぐにはもってこいで、しかも健康増進に役立つ場所で数日を過ごすのも決して悪くはない、ということを徐々に理解していった。

ルーシーからそのことを告げられたのは、一帯でもっとも風光明媚《ふうこうめいび》な場所として知られる湖のほとりの、桜の木の下でのことだった。

「あのフランス人俳優を好きになったわ」

「あり得ない話だ！」僕は憤慨して答えた。

「あら、どうして？」彼女は目を丸くした。

僕は水色のシャツを着た若者と話をしているラウール・ベルトレーを指さした。彼は話をしながら、何気なく桜の花びらをちぎると、それをイヤリングかネックレスのようにして青年の耳や首元にくっつけていた。

「毎日ああして決まった時間に落ちあって、ヨットに乗っているんだ」

「あなたが怒っている理由はそれなの？」と彼女は答えた。「でも、彼はあの、なにかの罰みたいな弟子の存在にうんざりしているのよ」

「いい仲なんじゃないか」

僕はほとんど女みたいな声で笑ってから、続けて言った。

「その通り。僕が言いたかったのはそのことだ」

「とんだ言いがかりよ」とルーシーは答えた。

ルーシーの常軌を逸した情熱をたきつけたラウール・ベルトレーは、当時もっとも有名な俳優のひとりでもあった。彼は、毎年ティルテ湯治場に、ある治療——ルーシーの情報によると若返り術——を受けにやってきて、界隈でもっとも高級なホテルに宿泊していた。彼はごく稀《まれ》に湯治場にも降りてきたが、ロープウェーを嫌い、徒歩で温泉水の湧き出すところまでやってきて水を飲むと、施設にふらりと立ち寄って、医者たちに声をかけていた。温泉水の効能が確認できて、その宣伝文句が謳《うた》う効果を目の当たりにすることができたのは、まさにこの俳優の肉体だった。オルティガス医師はルーシーに、温泉水はつまらぬ病気を治療するのではなく、病人にも健康な人間にも超自然的な力を与えると力説していた。はじめのうちはルーシーもこれを馬鹿げた理論と考えていたが、おとぎ話のようなその説が真実だと分かり、認めざるを得なくなった。

ラウール・ベルトレーにとって、人間の一生は短すぎた。ルーシーは彼が宿泊しているホテルの受付を介してそのことを知った。毎日午前五時に起床、遊ぶ間もなく呼吸法を実践し、台本を隅から隅まで暗記しなければならないような男にとって、命とは吹けば飛ぶような一瞬だった。生きる時間が見つからないので、生きる力がわかない。それが彼の病だった。人が誰しも抱える時間をめぐる煩悶《はんもん》が、彼を責めさいなんでいたのだ。だが、いったいどうすれば、人間の一生を引き延ばすことができようか？　世の賢者たちがこの命題をあまりに長いあいだ考え続けたが、結果がまるで出ないので、今やすっかりやる気をなくしている。なにしろ答えなき命題なのだから！

「この水を飲んで二年か三年長生きできたとして、それが何になる？」ラウール・ベルトレーは、温泉水を飲みながら、よくやけになって怒鳴っていた。

「幼いころから死ぬことが望みだったわたしとしては、どうも分からない感情だわね」とルーシーは嘆いていた。

オルティガス医師は次のような答を見つけたと思いこみ、実際にそれを発見した。仮にじゅうぶんなエネルギーを蓄えた者が、眠っているあいだに自らにとってもっとも面倒な仕事を片付けることができるのなら、休息に時間を費やす手間が省けて、人生の時間は二倍になるというものだった。

嘘みたいな話だが、実際にラウール・ベルトレーは、眠っているあいだに彼にとってもっとも面倒な仕事を片付けていた。

僕は、ラウール・ベルトレーにとってもっとも面倒な仕事が何であるかを、ルーシーに証明しようと心に決めたが、それは容易ならざるものだった。というのも、彼が眠っていることを唯一証明するのは、目を閉じてかすかな鼾《いびき》をかいている姿だったが、偽善者の俳優は黒くて分厚いサングラスをかけていやがったからだ。

僕は困難な企てを実行に移した。つまり彼と仲良くなったうえで、ルーシーと僕が見守る目の前でそのサングラスをむしり取ってぶち壊してやろうと考えたのだ。

ラウールが遠くのほうの、またもや例の桜の木の下で、あの弟子と話している姿が見えた。ルーシーと僕は彼のもとへと駆け寄った。僕は彼と同じく桜の花びらをちぎりにいく振りをした。そして素早く彼のサングラスをむしり取った。僕は彼の顔をまじまじと見つめた。その両目は閉じられていた。

「こいつは君といっしょのときも眠っているんだ」と僕はルーシーに言った。

僕は自説が本当であることを証明すべく、月の出ている夜に、ルーシーと彼のデートをおぜん立てした。

僕は二人が熱っぽく話をしているところへ、酔っぱらいのように割って入り、彼の分厚いグリーンのサングラスを奪い取った。ところが驚いたことに、そしてなんとも不快なことに、彼の両目は開いていた。しかしそれは僕が現れた瞬間に開けたこと、僕が姿を消すとまた閉じられたことはわかっている。僕は彼のサングラスをもったまま、木々のあいだを去っていった。彼を信じて騙《だま》されたままの元恋人ルーシーの心を置き去りにして！

地下生活

La vida clandestina

「マグダレーナは僕が浮気をしていると思っている。変わったやり方で浮気をしているのだと」ある日、彼は言った。

僕たちは知りあって間もなかった。僕はそのマグダレーナとやらには会ってもいなかったので、こんな打ち明け話をするなんて愚かな奴だと思った。

別の日、僕は彼とあの地下室に同行した。下へ通じる階段が見えていて、上の音が反響するのがわかった。彼は言った。

「ここで叫ぶと、こだまが返ってくるのだけど、それは僕の言葉でも、僕の声でもないんだ。怖いのはそれだけじゃない。鏡もだ。自分が映っているのを見ようとしても、ぜんぜん違う別人がいるんだ」

「いつからそういうことが？」僕は尋ねた。

「昔からずっとだ。口がきけ、ものが見えるようになってから、本物と鏡に映った姿の見分けがつくようになってから、ずっとなんだ。だから僕はマグダレーナのことを自由に思うこともできなかったし、ましてや他の女と寝て彼女を裏切るだなんて。自分のこだまの声が、自分が言ってもいないあの言葉が、自分とは違うあの鏡のなかの姿が寄り集まって、僕よりも、マグダレーナよりもずっと生命力があって、ずっと人間らしい生き物になってゆくような気がしたんだ」

「心配するな」と僕は言った。「こだまというのは誰の声でもないのだから」

「でもそれが人の声なら、返ってくるのも人の声だろう」

「この家は声を歪《ゆが》めて跳ね返す。よくある話だよ。この現象については山のような逸話があるのさ！　これを扱った詩をいくらでも暗誦できるよ！　単純なこだまもあれば、二重のこだま、三重のこだま、何重ものこだま、単音節のこだま、複数音節のこだま、世の中にはありとあらゆるこだまが存在する。映った姿を歪める鏡もありふれた話だ。ときには姿を消しさることもある。アルキメデスの例で言うと……」

彼が反論し始めたので、僕はなんとか落ち着かせようとして、こう言った。

「それはおそらく分身というものだ」

彼の飼い犬ドンゴの声が地下室に跳ね返って変わることもなく、鏡に映ったドンゴの顔は歪むこともなければ、カナリアの鳴き声が変わったり鏡に映すと色が変わることもないということに、そして、かくいう僕自身の声が変わることも、姿を鏡に映して歪むこともないのに気付いたとき、僕は心配になり出した。

ある日、彼が言った。

「あいつに出くわすのが怖いんだ……あいつのせいでマグダレーナと別れることになるかもしれない」

「この家にいちゃだめだ。この家以外のこだまと鏡は別だと分かるよ」

彼は逃げた。しかし彼から届く手紙によると、世界のどこへ行っても違う声が返ってきて、鏡には違う姿が映し出されていた。どこへ行ってもそいつの存在は大きくなっていった。水中、金属、ガラス、階段のくぼみ、古屋敷の玄関ホール、中庭の泉のなか、教会、洞穴《ほらあな》、山奥。いたるところでそいつは彼を待ち構えていた。愛しているのに、彼はマグダレーナを思い浮かべることができなかった。

彼は子どものころから音楽が好きだった。あるオーケストラでクラリネット奏者になった。しかし楽器のブロンズの表面にあいつの姿が見えた。彼はオーケストラを去った。ナイフ工場で働けば、ナイフの表にあいつの姿が見えた。機械整備工場で働けば、こだまがあいつの声となって屋内の隅々で彼を待ち伏せした……。あいつから自由になって、浮気せずマグダレーナを愛せるよう、彼は砂漠で暮らすことにした。疲れ果てた彼は砂のうえに寝そべった。そして砂に刻まれた自分の体のシルエットを見た。それは彼の体つきとは似ても似つかない形だった。彼はそのシルエットに目と口を描くと、その上に線を引いて檻《おり》の代わりにした。そして、この物語の結末になる言葉を囁《ささや》いたのだが、それは誰も知ることはないだろう。

かつら

La peluca

エルバとサミーに

あなたはわたしをだまそうとして、いつも本当のことを伝えていた。わたしはあなたに本当のことを伝えようとして、いつも嘘をついていた。わたしたちは恋人だった。同じ学校で学び、同じ職場で働いた。ドイツ語が学びたくなった。新聞でエルミニア・ラングスターの名を見かけた。彼女はスペイン語を（わたしたちを相手に）学びたい、その代わりにドイツ語を教えると言った。彼女は金髪で、背が高く、痩《や》せていた。

わたしたちは公園や喫茶店で、雨の日には家で、会話の練習をした。

否定してもしかたがない。あなたはあのかつらのせいで彼女に恋をした。あなたは本物だと思い込んで、彼女のつくりものの髪に見とれていたけれど、あの日、かつらがずれて彼女の額を覆い隠したとき、あるいは、彼女が、わたしたちが見ていないと思って、かつらを外し、椅《い》子《す》の背もたれにぶら下げて、本物の髪の毛を梳《す》いてから、改めてかつらを優雅な手つきでかぶりなおしたとき、あなたはいっそう彼女を愛するようになった。見たところ、あれはどこにでもあるありきたりのかつらだった。人目を引く赤でも、どんな女をも魅力的に見せるパールホワイトでも、むかつくような黒でもなく、落ちついた目立たない色のブロンドで、センターラインはくっきりと浮かび上がり、ところどころにある巻き毛が全体の滑らかなウェーブと見事に調和していた。

エルミニアもあなたを愛していたのだと思う。それについて疑いの余地はない。少なくともあなたを好んではいた。彼女はとても善良な人だったから、あなたのためにすべてを犠牲にする覚悟があったけれど、あなたは彼女に愛されること以外の犠牲を求めはしなかった。でも、あれはある意味で、あなたたち二人の犠牲を意味していたのね。愛するというのは我が身を捧げることであり、人はそれを長い時間をかけて学んでいくものだから。

エルミニアの様子は、いつ、そしてなぜ、変わり始めたのでしょう。わたしにはわからない。彼女がふざけてああしていたのか、わたしたちを怖がらせようとしていたのかも、わからない。

ある日、パレルモ公園を散歩していたとき、わたしは心底ぞっとさせられた。エルミニアは木の枝にとまっていたモリバトをいつまでも睨《にら》んでいた。わたしたちの会話にもついてこなくなった。そして、ふいに雷のように木をよじ登ると、そのモリバトを捕まえて降りてきた。彼女はその哀れな鳥の羽をむしり、ばりばりと食い始めた。たぶんわたしを怖がらせたくなかったのでしょうね、あなたは見ない振りをしていたわ。

彼女は犬のように皿を舐《な》め、コップではなく蛇口やボウルから水を飲んだ。そんな彼女をある日夕食に招待するなんて、わたしたち、よくあんなことを思いついたものね！

彼女が四つん這《ば》いで歩き回り、本をびりびり破きだすと、わたしたちは困り果ててしまった。彼女がわたしたちの手や頰《ほお》に嚙《か》みついてきたとき、わたしはむかつき、あなたは困惑の表情を浮かべた。

夏の日の夜、あなたは彼女とお忍びのデートをしていたようだけれど、あれはドイツ語を学ぶためではなく、もっと別の複雑な言語、つまり愛を学ぶためだったのでしょう。帰宅してきたあなたの姿はぼろぼろで、髪はほつれ、全身にひっかき傷をつけていた。いっそのこと婚約を解消して、あなたと縁を切る、少なくともわたし自身が心の平和を取り戻すことも考えたけれど、その必要はなかった。

あなたはわたしには何も告げぬまま、彼女を連れてトゥクマンに消え去った。あなたたちが山中に家を借りたことをわたしは知った。わたしは、かつて三人でいっしょに歩いた公園を、何日間もうろついた。

少ししてから、新聞の三面記事で、山岳部で起きた人食い事件の話を知った。ある女が少年ひとりとパン屋ひとりを刺し殺し、自分の子どもたちに食わせていたと。同じころにあなたから、山まで会いに来てほしい、という電報を受け取った。わたしは二つの知らせにつながりを見出し、さっそく汽車に乗った。

わたしはトゥクマンの街並みに目を回した。町中のホテルで一泊した。あなたが住んでいた山中は町からずいぶん遠いところだった。別の汽車に乗り換える必要があった。

あなたの家は素敵で野性的な谷の奥にあった。あなたがひとりなのを見て、私は尋ねた。

「エルミニアはどうしたの？　ついに彼女から解放されたわけ？」

あなたはわたしを抱きながら答えた。

「食っちまったよ。だってあいつは獣だからね、食って当然だろう」

エルミニアが姿を現すことは二度となかった。わたしたちは奇妙な世界に暮らしている。わたしはあなたと結婚したが、時がたつにつれて、わたしはあなたのことが怖くなってくる。あなたが、君はもっと太るべきだ、そのほうがきれいだから、などと言いだし、使用人もいない山奥のもっと静かなところで暮らそうと言い始めてからは、特に。

この手紙を書いたのは、わたしがばかではなく、あなたにだまされはしないことを、あなたに知ってもらいたかったから。

人というのはたしかに、動物と同じで、お互いを食いあう存在よね。だから、あなたが人を本当に、つまり物理的な意味で食っているからといって、あなたのほうが罪深いとは決して思わないけれど、世の中の人たちはきっとそう思うことでしょう。そしてあなたは新聞に新たなる「人食い事件発生」と記録されることになるでしょうね。

償い

La expiación

エレナとエドゥアルドに

アントニオがルペルトとわたしを家の奥の間に呼び寄せた。彼は厳《おごそ》かな声で、座りたまえと言った。ベッドにはシーツがかけられていた。彼は中庭へ行き、鳥小屋の扉を開けて戻ってくると、ベッドに寝そべった。

「アクロバットをお見せしよう」と彼は言った。

「サーカスで雇ってもらえるの?」とわたしは尋ねた。

彼が二度、三度と口笛を吹くと、さっそく部屋のなかにファボリータ、マリア・カラス、そして真っ赤なマンダリンが飛び込んできた。彼は天井をじっと見つめながら、先ほどより鋭く震える口笛をもう一度鳴らした。あれがアクロバット？　なぜルペルトとわたしを呼び寄せたのかしら？　クレオブラが来るまでなぜ待てなかったのかしら？　こんな見世物をしたところで、ルペルトは盲人ではなくむしろ狂人であって、いつかアントニオの名人芸に興奮してそれが証明されるだけなのに、とわたしは考えた。カナリアが飛び回るのを見ているうちに眠くなってきた。わたしの回想も頭のなかをしつこく飛び回っていた。人は死ぬ間際に自分の一生を思い出すという。その日の午後、わたしはかすかな悲しみとともに、思い出を蘇《よみがえ》らせた。

十二月の午後五時に行われたアントニオとの結婚式が、まるで壁紙のように見えた。時期にしてはすでに暑く、家に着いて、寝室でウェディングドレスとヴェールを脱いだとき、驚いたことに、窓から一羽のカナリアが見えた。それが、中庭の木にひとつだけ生《な》っていたオレンジの実をつつくマンダリンだったことにいま気がついた。その光景に目が釘付けになっているわたしを見ても、アントニオはキスをやめなかった。オレンジを食べるカナリアという夢のような光景に、わたしは魅了された。震えるアントニオに新婚のベッドへと誘われるまで、わたしはカナリアを見つめていた。結婚式の前夜まで、そのベッドにかけられたカヴァーは、ほかの多くのプレゼントと同じくアントニオにとっては幸福の源、わたしにとっては恐怖の源になっていた。ざくろ色をしたカヴァーは、旅を描いた細やかなレースで縁取りされていた。わたしは目を閉じ、それから何が起きたのかはほとんど分からなかった。愛とは旅でもある。彼が惜しみなく与える優しさや責め苦の本質を見ようとも理解しようともせず、わたしは何日ものあいだ彼のレッスンを受け続けた。最初のうちは、わたしの子どもっぽさとアントニオの臆病さがもたらす困難をのぞけば、わたしたちは夫婦として無難に愛し合っていたと思う。

ちっぽけな中庭をもつ同じくちっぽけなこの家は、町の入口に位置している。山から吹き下ろす新鮮な風がわたしたちを包む。草原はすぐそこにあり、窓を開ければ見える。ラジオと冷蔵庫はすでにあった。祝日や誰かのお祝いごとがあるたびに、たくさんの友人たちが我が家にやってきた。わたしたちに不満はなかった。クレオブラとルペルトは幼馴染ということもあって、我が家にいちばん足しげく通っていた。アントニオがわたしを好きになったときも、彼らはすでに知っていた。とはいえ、彼のほうからわたしを求め、彼のほうからわたしを選んだのではない。むしろ彼を選んだのはわたしだった。彼のただひとつの願いは妻に愛されること、妻の忠実さを保つことだった。彼はお金のことなどどうでもよかった。

ルペルトは中庭の隅に腰掛け、ギターの用意をしながら予告もなく、マテ茶とか、暑い日にはオレンジジュースを欲しがった。わたしは彼のことを、ほかの多くの友人たちや親戚たちと同じく、言ってみれば家具の一部のようなもの、壊れるか、いつもと違う場所に置かれていない限り、気付きもしないような存在とみなしていた。

「歌の上手なカナリアさんたちね」とクレオブラは決まって口にしていたが、そうしていいと言われていたら箒《ほうき》で叩《たた》き殺していたことだろう。鳥が大嫌いだったのだ。アントニオが、レタスやバニラの実を餌《えさ》にすることもなく、小鳥のあんな馬鹿げたアクロバットをいくつも披露しているのを見ていたら、彼女は何と言ったことだろう！

定位置につく犬のように葡萄棚《ぶどうだな》の下でいつものウィーンチェアに座るルペルトに、わたしはマテ茶やオレンジジュースを機械的に運ぶ。わたしは彼を女が男を見る目で見たことはなく、彼が来ても愛想ひとつなく迎えていた。たいていは洗ったばかりの髪の毛をざっくりまとめるか、歯ブラシをくわえて歯磨き粉を口の周りにくっつけたまま、あるいは洗濯中で手を泡だらけにしたまま、腰のあたりにエプロンをぎゅっとまとめた妊婦みたいなかっこうで、彼のことなど見もせず玄関のドアを開けて迎え入れていた。まるで老婆かその辺のはすっぱ女みたいに、うっかりバスルームからサンダル履きにバスタオルだけ巻いた姿で出てきたことも、一度や二度ではなかったと思う。

チュスコと、バジリコと、セラニートが、棘《とげ》のついた小さな矢が何本か刺してある容器をめがけて飛んで行った。今度はその矢をくわえて、黒い液体の入った別の容器をめがけて懸命に飛んで行き、矢の先を液体に浸した。おもちゃの小鳥か、安物のペン軸か、曾祖母の帽子の羽根飾りに見えた。

クレオブラは悪意のない人だけれど、あることに気がついて、わたしに、ルペルトがあなたのことをあまりにもしつこく見つめている、と言った。すごい目つきで！　彼女は何度も何度も言った。すごい目つきで！

「僕は目を開けて眠れるようになった」とアントニオが呟《つぶや》いた。「これまでのなかでも実現が難しかった曲芸に成功したんだ」

わたしは彼の声を聞いてぎょっとした。曲芸ですって？　それにしても、そんなことのどこがすごいの？

「ルペルトと同じね」わたしは変な声を出して言った。

「ルペルトと同じだ」とアントニオは繰り返した。「この瞼《まぶた》よりもカナリアたちのほうがずっと素直に僕の命令に従うよ」

わたしたち三人は、その暗い部屋のなかで苦行のようにじっとしていた。でも、寝ているあいだも目が開いていることと、カナリアたちに与えている命令と、いったいなんの関係があるというのだろう？　アントニオに困惑させられるのは、なにも不思議なことではなかった。他の男たちとはまるで違う人なのだから！

クレオブラはわたしにこうも教えてくれた。ルペルトがギターを調弦しているあいだも、彼の目はわたしの頭からつま先までをじっと見つめている、ある日の夜、彼が中庭でほろ酔い加減でうとうとしていたときも、その目はわたしに向けられていたと。わたしはそのせいで落ち着きを失い、きっと彼に対するつれない態度も影を潜めてしまった。わたしの幻想のなかのルペルトは一種の仮面をかぶってわたしを見つめていた。仮面の奥には獣の目が埋め込まれていて、閉じることも眠ることもない。喉《のど》がかわいたときの彼は、わたしが差し出すオレンジジュースのグラスやマテ茶器に、そしてわたし自身に、どういう意図かはまるで分からないが、あの奇妙なほどに動かぬ瞳を向けた。あれほど動かない目はこの辺のどこにも、いや世界のどこにもないだろう。まるで空がそこにはまり込んだような、あの青くて深い輝きは、曇っていたり死んでいるように見える他の人々の目とはまるで違っていた。ルペルトは人ではなかった。顔も、声も、肉体も持たない、一対の目。それがわたしにとってのルペルトだったが、アントニオはそうは思っていなかった。何日ものあいだ、わたしの無意識はアントニオの逆鱗《げきりん》に触れ、彼はちょっとしたことでわたしに汚い言葉を投げかけ、まるで妻ではなく奴隷に対するかのように辛い仕事ばかりをわたしに押しつけた。アントニオの性格ががらりと変わったことはわたしの心痛の種になった。

男とはなんと奇妙な生き物なのだろう！　彼が小鳥のアクロバットを披露した理由はなんだったか？　サーカスの話は冗談ではなかったのだ。

結婚してすぐ、彼は頭が痛いとか、おなかがどうも気持ち悪いとか言い訳をして仕事を休むことが増えた。どんな夫もそうなるのだろうか？

家の奥には、アントニオがいつも愛情を傾けていたカナリアたちでいっぱいの巨大な鳥小屋が、打ち捨てられたままになっていた。わたしは午前中に時間があると鳥小屋を掃除し、白い容器の雑穀や水やレタスの切れ端を入れ替え、雌が卵を産みそうになると巣を用意してやった。そういうことはアントニオがやっていたが、もはや彼にやる気はなく、わたしにさせようともしなかった。

わたしたちが結婚して二年にもなっていた！　子どもはひとりもなし！　なのにカナリアたちときたら、いったいどれだけたくさん産むことか！

麝香《じゃこう》と杉の木の香りが部屋を満たしていた。カナリアたちは雌鶏の、アントニオは煙草と汗の、そしてこのところのルペルトは酒の匂いしかしない。朝から晩まで酔っ払っているという噂《うわさ》だった。あの部屋の汚さときたら！　雑穀、パン屑《くず》、レタスの切れ端、煙草の吸殻、灰が、床じゅうところ狭しと散らばっていた。

アントニオは子どものころから暇さえあれば動物を飼い馴《な》らしていた。最初はその技——彼は飼育に関しては真の芸術家だった——を犬や馬に用い、次は去勢したスカンクを飼うようになって、しばらくのあいだポケットに入れて連れ歩いていたが、わたしと知り合ってからは、わたしの喜ぶ顔を見たさに、カナリアを飼い馴らすことを思いついたのだ。婚約してからの数か月、彼は愛の言葉を記した紙切れや、リボンを結んだ花などをカナリアに預けてわたしに届けてくれた。彼が住んでいた家からわたしの家までは、ゆうに十五ブロックの距離があった。翼を生やした郵便屋さんたちは、二軒の家のあいだを迷うことなく行き来した。信じがたい話かもしれないが、カナリアたちはわたしの髪に花を挿したり、ブラウスのポケットに手紙を差し込んだりしてくれた。

カナリアがわたしの髪の毛に花を挿したりポケットに手紙を入れたりするほうが、あのおめでたい矢の馬鹿げた曲芸よりずっと難しい技ではなかったか?

アントニオは町で名声を博すようになった。「小鳥と同じように女性も操れるのなら、誰もあなたの誘惑には勝てないわよ」おばたちは、甥っこを金持ちの女と結婚させたくて、そんなことを言った。すでに言ったように、アントニオはお金になど興味はない。彼は十五のときから整備工として働いてきて、自分が欲しいだけのお金は手に入れていたし、それを結婚にあたってわたしに差し出してくれた。わたしたちが幸せになるのにはじゅうぶんな額だった。わたしに分からなかったのは、アントニオがルペルトを遠ざける口実を考えようとしない理由だった。やろうと思えば、仕事や政治をめぐる口論など、どんな些細《ささい》なきっかけでもできたろう。派手な刃傷沙汰《にんじょうざた》にまでは至らずとも、お友だちをわたしたちのうちから永久に締め出すことはできたはずだ。アントニオは自分の感情を決して表に出さない人だった。わたしが理由を理解したあの性格の変貌《へんぼう》を除けば。わたしがこの慎み深い性格に反して招いてしまった彼の嫉妬心《しっとしん》が、わたしの目には平常心の権化《ごんげ》だったあの人を錯乱させてしまったことに、わたしはようやく気がついた。

アントニオが口笛を吹き、下着のシャツを脱いだ。彼は裸体になるとブロンズ像のようだった。わたしはそれを見て体を震わせた。結婚前、彼とそっくりのブロンズの裸体像を見て、よく顔を赤らめていたのを思い出す。それにしても彼の裸を見るのはいまが初めてではない。なのに、なぜこんなにどきどきするのだろう！

でも、アントニオの性格が変貌したことで、わたしはかえって安心した。無気力だったのがすっかり活動的になり、憂鬱《ゆううつ》だったのが見るからに陽気になったからだ。彼の暮らしは奇妙な用事だらけになり、そこらじゅうを駆け回っている様子からは、生に対する究極の関心を読み取ることができた。夕食後も、ラジオを聞いて新聞を読むといった休憩時間もなく、あるいは何もしないで、その日に起きたことを語りあうといったくつろぎの時間すらなかった。日曜日も祝日も、休む口実にはなってくれなかった。彼の落ち着きのなさは夫の鏡であるわたしにも伝染し、家じゅうをあくせく動き回っては、もう片付いている洋服ダンスを片付け直したり、真っ白でピカピカの衣装ケースを磨き直したりしては、夫の謎めいた勤勉ぶりになんとか合わせようとしていた。小鳥たちに対する愛情と要求も倍増し、彼の時間の多くを占めるようになった。鳥小屋を増築し、中央に置いていた枯れ木を、もっと大きくて見栄えのする美しい止まり木と交換した。

二羽のカナリアが矢を捨てて喧嘩を始めた。ちっちゃな羽根が部屋じゅうに舞い飛び、アントニオの表情が怒りで陰った。ひょっとして殺してしまうのだろうか？　クレオブラは彼は残酷な人だと言っていた。彼女はわたしにこんなことを明かしてくれた「あれは腰にナイフを忍ばせているような男なのよ」と。

アントニオはわたしに鳥小屋の掃除をさせてくれなくなった。あのころの彼は、家の奥にある物置代わりにしていた部屋を使うようになり、わたしたち夫婦のベッドにいつかなくなった。

わたしの弟が来たとき昼寝をするのに使っていたトルコ製のベッドで夜を過ごすようになった(タイルの床を歩く足音が夜明けまで聞こえていたので、眠っていなかったのだと思う)。ときにはあの忌まわしい部屋に何時間もこもっていた。

カナリアたちは一羽、また一羽と、小さな矢を嘴《くちばし》から落として、椅子の背もたれの上に集まってくると、穏やかな囀《さえず》り声を立て始めた。アントニオは立ち上がり、彼が常々「言うことを聞かない女王様」と呼んでいたマリア・カラスを見つめて、わたしには分からない言葉で語りかけた。カナリアたちがまた宙を舞いだした。

わたしは色のついた窓ガラス越しに、彼が何をしているのか覗《のぞ》き見ようとしていた。ナイフを使って手にわざと傷をつけた。こうしてなんとかドアをノックした。ドアが開くと、カナリアの群れが飛び出して、鳥小屋のほうへ帰って行った。アントニオは傷の手当てをしてくれたが、それが彼の気を引く口実であることを疑うかのように、そっけない、不審そうな顔をしていた。そのころ彼はトラックに乗って二週間の旅に出かけ、どこへ行ったかは知らないが、植物でいっぱいの袋をもって帰ってきた。

わたしは糞《フン》の染みだらけになったスカートを横目で見た。いつのまにこんな汚れてしまったのだろう? わたしは憎たらしげに鳥たちを睨《にら》んだ。部屋の暗がりのなかでも、わたしは身ぎれいにしていたかった。

ルペルトは、自分の訪問がどれだけの悪印象を与えているかも知らず、前と同じく頻繁にやってきては、同じ習慣を繰り返した。ときどき、わたしが彼の目を避けようと中庭から避難してくると、夫はなにかと理由をつけて、わたしを中庭に追い返した。わたしは、夫があれほど嫌がっていたことが、実は彼を喜ばせているのではないか、と考えた。ルペルトの目つきはもはや卑猥《ひわい》にすら見え、葡萄棚の下でわたしの服を脱がし、夕暮れ時のそよ風がわたしの頰をくすぐるころには、その目が口では言えないような行為を命じていた。いっぽうのアントニオは、クレオブラが言うには、わたしを決して見ないか見ないふりをしていた。彼と知り合うことも、結婚することも、触れられることもなかった状態に戻り、改めて彼と出会い、彼を見いだし、彼に身を捧げるということが、しばらくのあいだ、わたしのいちばん熱い願いのひとつになった。でも、一度失われたものを取り返すことのできる人など、この世にはいない。

立ち上がると、両脚が痛んだ。こんなに長いあいだじっとしているのは苦手だ。飛ぶことのできる鳥たちがどれほど羨《うらや》ましいことか。でもカナリアたちも可愛そうだ。命令に従うときには彼らも辛そうに見える。

アントニオはルペルトの来訪を妨げようとはしなかった。逆にすすめていた。カーニバルの時期、ルペルトが夜遅くまでいたある日、ついにアントニオは彼に、我が家に泊っていくようすすめるまでになった。わたしたちは、アントニオが使うようになっていた部屋に彼を泊めてあげることにした。その夜、まったくもって当然のことながら、夫とわたしは夫婦のベッドを共にした。その瞬間から、わたしの生活は、かつての正常な方向へ軌道を再修正した。少なくとも、わたしはそう思った。

部屋の片隅のナイトテーブルの下に例の人形が見えた。拾い上げようと思った。そういう身動きでもしたのだろうか、アントニオが言った。

「動くんじゃない」

わたしはあのカーニバル週間の日のことを思い出した。部屋を片付けていると、我が罪がもたらした災いか、アントニオの洋服ダンスの上にひと型のぬいぐるみが打ち捨てられているのを見つけたのだ。大きな青い目は上質のやわらかい布で作られていて、真ん中には瞳を模した二重の輪が描かれていた。ガウチョのかっこうでもさせたら、わたしたちの寝室のいい飾りになりそうだった。わたしが笑顔でそのぬいぐるみを見せると、アントニオは鬱陶《うっとう》しそうな顔でそれを奪い取った。

「子どものときの思い出の品なんだ」と彼は言った。「僕のものに触らないでほしいな」

「あなたが子どものころに遊んだぬいぐるみでしょう、触ってなにがいけないの？　ぬいぐるみで遊ぶ男の子はいっぱいいるわ。なにが恥ずかしいの？　あなたはもう大人じゃないの」とわたしは言った。

「これ以上説明することはない。いいから黙りなさい」

アントニオは不機嫌な顔でぬいぐるみを洋服ダンスの上に置き直し、それから数日、わたしに声もかけなかった。それでもわたしたちは、いちばん幸せだったころのように、また抱き合うようになった。

汗で濡れた額に触れた。髪の毛が乱れてしまっていたのだろうか？　幸い、部屋に鏡は一枚もなかった。もしあれば、あの愚かな小鳥たちではなく鏡に映った自分の姿を見るという誘惑に勝てなかっただろう。

アントニオは奥の間にしょっちゅう閉じこもるようになり、わたしは彼が鳥小屋のドアを開けっ放しにし、窓から何羽かのカナリアたちを部屋に招き入れていることに気がついた。ある日の午後、好奇心に導かれるがまま、窓がとても高い場所にあったので（当然ながら中庭を歩いているときに部屋のなかは見えなかった）椅子に乗り上がって、部屋のなかをうかがった。

わたしはアントニオの裸体を見つめていた。あれはわたしの夫なのか、それとも石像なのだろうか？　わたしはルペルトの頭がおかしいと言ってきたが、ひょっとして頭がおかしくなっていたのは彼のほうだったかもしれない。わたしには洗濯機すら買ってくれないのに、いったいどれだけのお金をカナリアにつぎ込んでいたことか！

ある日、あの部屋のベッドに、例のぬいぐるみが横たわっているのが見えた。小鳥の群れがぬいぐるみを囲んでいた。部屋はある種の実験室と化していた。土器のなかに、大量の葉っぱと茎と樹皮が詰まっていた。別の土器には棘のついた矢が何本も立てられ、別の土器には栗色に光る液体が入っていた。わたしはそういうものを夢で見たような気がして、自分の困惑から抜け出そうと、見てきたことをクレオブラに話すと、彼女はこう答えた。

「いかにもインディオね。クラーレを塗った矢を使うのよ」

わたしは彼女に、クラーレとは何か、と尋ねはしなかった。彼女が軽蔑を込めてその言葉を口にしたのか、讃嘆の念を込めていたのかも、分からなかった。

「それは呪術というものよ。あなたの旦那はインディオだから」わたしの驚いた顔を見て彼女はこう尋ねた。「知らなかったの？」

わたしは面倒くさそうに首を振った。夫は夫だ。別の人種に属している、わたしとは別の世界に属しているなどとは、考えたこともなかった。

「どうしてあなたが知っているのよ?」わたしはきつい口調で問い詰めた。

「あなた、彼の目を、あの突き出た頬を見たことがないの? いかにも腹黒そうなのが分からないの? マンダリンとマリア・カラスのほうがよほど愛想がいいわよ。彼の内にこもった感じ、なにかを尋ねてもまるで答えない態度、女の扱い方、誰がどう見てもインディオじゃない。わたしの母は何もかもお見通しよ。五歳のときにインディオの野営地から連れてこられた男の子だって。あなたはきっとそこが気に入ったのね。他の男とは違う、彼の謎めいた感じが」

アントニオが息を吐くと、汗が彼の体を輝かせた。あんないい男なのに、こんなことに時間を無駄にして! もし弁護士のファン・レストンとか、会計士のロベルト・クエンタスと結婚していたら、きっとこんな風に苦しむことはなかっただろう。でも、少しでも感受性のある女なら、打算で結婚などはしない。世の中にはノミを飼い馴らす男もいるそうだが、それが何の役に立つというのか?

わたしはクレオブラを信用できなくなった。間違いない、彼女はわたしを傷つけようとして、あるいはアントニオへの信用を失わせようとして、夫がインディオだなどと言っていたけれど、野営地のインディオとか、馬に乗ったり投げ輪を振っているインディオの図がのった歴史書をめくっていると、その羽根飾りをつけた男たちがアントニオにそっくりなことが分かった。と同時に、わたしがアントニオに惹《ひ》きつけられた理由は、彼がわたしの兄弟やその男友だちとまったく違っていたこと、彼の赤茶けた肌、切れ上がった細い目、クレオブラが意地悪を楽しむように言っていたあの「腹黒そうな」雰囲気だったことにも気がついた。

「それで例の曲芸は？」わたしは尋ねた。

アントニオは答えなかった。また舞い始めたカナリアたちをじっと見つめていた。マンダリンが仲間たちから一羽離れ、暗闇のなか、まるでヒバリのような美しい囀り声を立てた。

わたしは孤独をつのらせ始めた。胸の不安を誰にも打ち明けられなかった。

聖週間が近づいてきたころ、アントニオは、またもやルペルトを我が家に泊らせると言いだした。聖週間がいつもそうであるように、雨が降っていた。わたしたちはクレオブラを伴って教会へ行き、受難の道行きの儀式に立ち会った。

「インディオの調子はどう？」クレオブラが図々しく訊《き》いてきた。

「誰のこと？」

「誰ってインディオじゃない、つまりあなたの旦那よ」と彼女は答えた。「町のみんながそう呼んでるわ」

「インディオは好きよ、夫はインディオなんかではありませんけどね、インディオのことはこれからも好き」とわたしは答えて、お祈りを続けようとした。

アントニオは祈っている格好をしていた。彼はお祈りという行為をしたことがあったのだろうか？　結婚の日までに、母が彼に聖体を拝領するよう求めたが、アントニオは母の言葉に従わなかった。

そうしているあいだもアントニオとルペルトの友情は深まっていった。わたしをいわば除け者にしたある種の仲間意識が、二人を真の意味で結んでいたのだ。そのころアントニオは、自らの能力をよくひけらかしていた。気晴らしに、ルペルトへの伝言をカナリアに託して彼の家まで飛ばせたりしていた。スペイントランプを互いの家に持ちあって、カナリアを介してトゥルーコ〔ポーカーの一種〕に興じているという噂まであった。二人はわたしをからかっていたのだろうか？　わたしは大の大人がそんなおふざけをしているのが気に食わず、真面目に取り合わないことにした。友情が愛に勝ると認めるべきだったろうか？　こっちはどうやっても二人の仲を裂けなかったのに、いっぽうのアントニオは、なんとも腹の立つことに、わたしからすっかり心が離れてしまっていた。わたしの女としてのプライドは傷ついた。ルペルトはわたしを見つめ続けていた。あの三文芝居はすべて単なる作りごとに過ぎなかったのだろうか？　わたしは結婚という三文芝居を、常軌を逸した夫の嫉妬があれほど長いあいだわたしにもたらした苦しみを、実は懐かしがっていたのだろうか？

いずれにしても、わたしたちは愛し合い続けていた。

アントニオはサーカスに行けば稼ぎ頭になっていただろう。間違いない。マリア・カラスが首を片方にかしげ、もう片方にかしげてから、椅子の背もたれにとまった。

ある日の朝、アントニオが、まるで火事が起きたと言わんばかりの勢いで部屋に飛び込んできて、わたしに言った。

「ルペルトが死にそうなんだ。すぐに来いって言われてる。彼に会ってくるよ」

わたしは家事に気を紛らわしながら、真夜中までアントニオを待った。わたしが髪を洗っていたときに彼は帰宅した。

「おいで」と彼は言った。「ルペルトが中庭にいる。救いだしてきた」

「なんですって？　ふざけてるの？」

「まさか。僕が救ってきたんだ。人工呼吸でね」

わたしはわけもわからぬまま髪をまとめて着替えをし、中庭に出た。ルペルトがドアのそばに立ち尽くし、中庭の地面にしかれたタイルを見えない目で見つめていた。アントニオが椅子を引き寄せ、彼をそこに座らせた。

アントニオはわたしのほうを見ず、息を殺すようにして天井を見つめていた。ふいにマンダリンがアントニオのところへ飛んできて、片方の腕に矢を刺した。わたしは拍手をした。小鳥がアントニオを喜ばせようとしているのに違いないと考えたのだ。だがそれは馬鹿げた曲芸だった。その才能をルペルトの治癒《ちゆ》に利用することだってできたはずなのに！

あの運命の日、ルペルトは腰をかけながら、両手で顔を覆った。

なんという変わりようだろう！　わたしは彼の表情のない冷たい顔と、どす黒くなった手を見つめた。

まったく、いつになったら、わたしをひとりにしてくれるのだろう？　髪が濡れているあいだにカールのセットをしなければいけないというのに。わたしは苛立《いらだ》ちを隠しながらルペルトに尋ねた。

「なにがあったの？」

小鳥の鳴き声を際立たせる長い沈黙が、太陽の下で震えた。ルペルトはようやくこう答えた。

「夢を見たんだ。カナリアたちが僕の両腕を、首を、胸をつついていて、僕は両目を守ろうとしても瞼を下ろすことができない。夢のなかで、僕の両腕と両脚は、まるで砂袋みたいに重い。僕の両手は両目をつつく化け物みたいな小鳥を追い払うことができない。僕は麻薬を飲んだみたいに、眠ってもいないのに眠っていた。夢から覚めてみると、それは夢ではなく、ただ闇が見えた。でも小鳥たちの鳴き声は聞こえたし、いつもの朝の物音も聞こえていた。姉をけんめいに呼ぶと、駆けつけてきてくれた。僕は自分のではない声で言った。アントニオを呼んで僕を救ってくれ、と。なにから救うの？　と姉が尋ねた。僕はもうひとつの言葉をどうしても口にすることができなかった。姉は走って出て行き、半時間ほど経ってから、アントニオを連れて戻ってきた。半時間が一世紀にも思えた。アントニオに腕を動かしてもらっているうちに、ゆっくりと体の力は戻ってきたけれど、目は見えなくなっていた。

「君たちに告白することがある」とアントニオがつぶやき、ゆっくりと言い足した。「でもそれは言葉ではない」

ファボリータがマンダリンを真似てアントニオの首に矢を刺し、マリア・カラスが彼の頭上を一回りしてから胸に矢を刺した。天井を見つめていたアントニオの瞳の色が、どういえばいいのだろう、変化をした。アントニオはインディオだったのだろうか？　インディオの目が青だなんて。彼の目はどことなくルペルトの目に似ていた。

「いったいこれはどういうことなの？」とわたしは小声で言った。

「彼はなにをしているんだ?」となにも理解していないルペルトが言った。

アントニオは返事をしなかった。まるで彫像のように微動だにせず、カナリアたちが突き刺す一見無害そうな矢を全身で浴びていた。わたしはベッドに近づいて彼の体を揺さぶった。

「答えて」とわたしは言った。「答えて。いったいこれはどういうことなの?」

彼は返事をしなかった。わたしは泣きながら彼を抱きしめ、その顔を胸にかき抱き、恥も慎みも忘れて、映画女優がやるように、彼の唇にキスをした。カナリアたちの群れがわたしの頭上でばたばたと舞った。

あの朝、アントニオはルペルトを、恐怖の眼差しで見つめていた。いまのわたしにはわかっている。アントニオは二重の意味で罪を犯したのだ。自らの犯罪が露見せぬよう、まずはわたしに、次は誰かれかまわず、こんなことを言っていたからだ。

「ルペルトは頭がおかしくなった。自分を盲目だと信じているが、あいつは僕たちと同じくふつうにものが見えている」

ルペルトの目から光が去ったのと同じように、わたしたちの家から愛が去っていった。あの目はわたしたちの愛にとって欠かせなかったと言っていいだろう。中庭での集まりは活気を欠くようになった。アントニオは陰鬱な悲しみにひたってしまった。彼はわたしによくこう説明していた。

「友だちが狂うなんて死ぬより辛いことだ。ルペルトは目が見えているのに見えないと信じ込んでいる」

わたしは腹立ちまぎれに、きっと嫉妬から、男の人生で友情は愛より大切なのだと考えた。

アントニオへのキスをやめて彼の顔から離れたとき、カナリアたちがいまにも彼の目をつつこうとしていることに気がついた。わたしは自分の顔と、マント代わりになるこの分厚い髪の毛で、彼の顔を守ろうとした。ルペルトに、ドアと窓を閉めて部屋を暗くして、この子たちを眠らせるのよ、と命令した。両脚が痛んだ。あの姿勢のまま、いったいどれくらいの時間を過ごしたのだろう？　分からない。わたしは、アントニオの告白というものを、ゆっくりと理解していった。それはわたしを彼に熱くつなげる、不幸によって熱くつなげる告白だった。わたしは彼が耐えていたのであろう苦痛を理解した。あの微量のクラーレと、看護師として彼のどんな馬鹿げた命令にも従う鳥たちをつかって、かくも天才的なやり方で、友であるルペルトの目と彼自身の目を潰し、潰す覚悟をし、そうしてこの哀れな男どもが二度とわたしを見ることがないよう、じっとじっと耐えていたあの人の苦痛を。

親展

Cartas confidenciales

親愛なるプリリディアーナへ。

はじめて会った学校時代から、あなたは手紙と電話を通じてわたしの友だちでいてくれました。できることなら会ってお話ししたい、ご存じの通り、わたしはあなたのことが大好き。だからこそあなたを息子の代母に選んだのです。息子の洗礼式をしたあの日の午後は、人が多過ぎて、言いたいこともろくに言えませんでした。だから、今日はあなたにトミの話をしなくてはなりません。

わたしはトミを溺愛《できあい》していました。当時のわたしが妊娠中だったから、それに生まれてきた息子が彼にそっくりだったからでしょう。七か月になったころのトミは、ある意味でうちの家族の最も大切な一員になっていました。あの可愛そうな孤児のお世話をすることになったのがわたしです。わたしはトミを相手に、ほかの服を濡らさずにおしめを取り換えたり、お風呂に入れたり目やおへそを洗ってあげたり、哺乳瓶をどう使うかといったことを覚えていきました。

にわかには信じがたいのですが、みんなが現実だと信じているかのように語る話があるのです。トミにまつわることなのですが、これを説明するには、昔にさかのぼらなければなりません。

聞くところによると、彼はわたしが生まれるより六十年前に、我が家にやってきました（曾祖父母が生きていた時代です）。屋根裏部屋、おそらく家のなかでいちばんきれいなあの部屋に、ひとりの年老いた男、ひどく年老いた男が現れたのです。見つけていたのがわたしなら腰を抜かして死んでいたかもしれません。最初に見つけたのは誰なのか？　それが誰も知らないのです。彼を最初に見つけた名誉、というか恐怖をひとりじめしようとする者は我が家にはひとりもいませんでした。なぜなら誰もがすぐさま彼がいることに慣れてしまい、そうやって家族の一員となってからというもの、彼が家族の悲しみと喜びを、ダンスとお通夜を共にすることがなかった時期もかつてはあったなどとは、誰も夢にすら思わなくなっていたからです。そのころの彼は、見た目にはものすごいお年寄りで、顔じゅう皺《しわ》がジグザグに走っていて、髪の毛は古くなったマットレスの中身のように真っ白でした。そのときの写真をもっています。ほとんど冷酷といってもいいくらい冷たい表情なのに、身だしなみは完璧で清潔そうな男性。なんだか祖母みたいな言い方になってきました。彼は、外見上は、立派な紳士でした。そうでなければ、とっくに追い出されていたことでしょう。家族が暮らす家にどこからともなく現れて、いつまでいるかもわからない、そんな人間を普通は受け入れるはずもありません。相手が犬でも子どもでもあり得ないでしょうに、ましてや大人の男だなんて。だからこそ、あのとき状況は極端に明るいものだったはずです。つまり、その年寄りが見るからにしゃきっとしていて、善良で、裕福であったことが。あなたにこの話をしたことはありません、わたし、恥ずかしくて。あなたのおじい様はご自分の家系を自慢してらっしゃったから、わたしたちの家族によそ者が紛れ込んでいると知ったら、さぞや憤慨されたことでしょう。子どものころの祖母は、人になつくタイプではありませんでしたが、トニじいさんのことだけは慕っていました。じいさんは言い過ぎかしら。彼はもう年寄りではなく、祖母に飴《あめ》をあげてキスをしたり、両手で顔を抱き寄せたりしていたらしくて、曾祖母などは、もうあまり年老いてはいないそのドン・トニのズボンのポケットとかハンカチにいつも飴が残っている、と文句を言ったり、ずいぶん嫌がっていたようです。

ドン・トニに会うことが当たり前になっていたせいでしょう、家の誰もが、数年後に彼がすっかり若返っていたことに気付きませんでした。ある日、どれくらいぶりの再会だったのか知りませんが、同い年で知り合ったという旧友がトニに会いに来ました。少し話をしただけでその友人はすっかり驚き、曾祖母の部屋まで駆けつけると、おそるおそるこんなことを尋ねたそうです。

「ホアキーナおばあさん、あのトニは昔のトニか、それとも別人ですか？」

曾祖母は目を丸くして答えました。

「あれはいつものドン・トニだよ。昔と変わったところがあるかね？　わたしゃ毎日のように彼と会っているけれど、いつだって変わらない人だよ」

「おばあさん、私が言っているのは歳のことです。若返り過ぎですよ、顔には縦の皺しか残っていない。あれは美容整形ではないと思います」

「人と長いあいだ一緒に暮らしていると、そういう細かいことは気づかないものさ」

でも、もともとトニを信用していなかった曾祖母は、これでまた不信感を募らせたみたいです。

「あのじいさんにも変なお友だちがいるもんだね！」と曾祖母は大伯母に言いました。「あんなじいさんの皺を気にするなんて。ただねえ、ああいうよそ者を家に泊めておくのが怖くなるときもあるのよ」

するとと、曾祖母が産んだ長女に当たる大伯母、このときその「じいさん（といってももう年寄りではありませんでした）」にすっかり入れ上げていたこの大伯母はこう言い返したそうです。

「たしか聖書には《我らはどこから来てどこへ行くかも知らぬ》とあるわよね。人はみな同じ状況を生きているんじゃないかしら。ドン・トニをよそ者だなんて、ひどい言い方をするのね。わたしたちはみんなこの世を生きるよそ者なんです。こんな当たり前のことで誰かを貶《おとし》め、蔑《さげす》むなんて、ひどい話じゃないかしら？」

曾祖母と大伯母はそれから四か月のあいだ口をきかなかったそう。これは正真正銘、本当の話です。

「あのじいさんはわたしの家族に不和をもたらした」曾祖母は家政婦と二人きりになると愚《ぐ》痴《ち》をこぼしました。するとこのお喋《しゃべ》りな家政婦がそのことを曾祖父に告げ口し、さらなるもめ事とさらなる和解が重なり、結果的に家族とドン・トニとの間柄はいっそう親密なものになったのです。

ドン・トニが建築の勉強に打ち込みだしたのは、ちょうどそのころでした。そんな難しい学問をそんな歳をとってから始めるなんて、と笑う人には事欠きませんでした。

「楽しいことができれば歳など関係ないさ」と彼は言っていたものです。

彼は製図用のデスクを買いました。真夜中まで勉強と製図を続けていました。停電の夜にも蠟燭《ろうそく》を灯して、まるで何事もなかったかのように勉強していました。家や教会の設計図を描いていましたが、まるで死を懐かしむかのように、地下納骨堂の図を好んで描いていたようです。

彼はやがて大学への進学を考えるようになりました。懸命に勉強した末に入試を突破しましたが、後になって祖母はそれは嘘だと言いました。

ひとりの教授が、大学にきた彼を見て、皮肉っぽくこう言ったそうです。

「あなたはどこまで長生きするおつもりか？　メトセラではあるまいし」

「なぜでしょう？」とドン・トニは尋ね返しました。

「なぜってあなた、建築科に入学したいのなら……いやいや、これ以上はやめておきましょう、ご老人に対して失礼だ」

「どういうことでしょうか？」ドン・トニは無邪気に尋ねました。

「六年後においくつになるか計算してごらんなさい。生きておられたらの話ですが」

「それなら心配御無用です」ドン・トニは怒りもせずに答えました。「千里の道も一歩から、ピアーノ・ピアーノですよ」

「そうだ、あなたはピアノを学ばれたほうがよいでしょうな。千里の道には遠すぎる」

「先生は口のきき方を学んでください」とドン・トニは答えて、古いマットレスの中身みたいに真っ白く輝く頭を撫《な》でつけました。このころの彼はポマードを塗り始めていました。

これはすべて祖母から聞いた話です。なぜって、この時期、あのお喋りなわたしの母はまだ生まれてもいませんでしたから。母が生まれたのは、ドン・トニが婚約を果たし、仕立ての良いウールのスーツを着こなし、薬指に青い宝石の指輪をはめていたころのことでした。彼は自らの設計図に従って、ティグレに、ブエノスアイレスにはまずあり得ないバルコニーやバロック調の礼拝堂が際立つ、レガッタのシーズンには人目を集める一軒の立派な屋敷をすでに建てていました。婚約の日、というかその後日、祖母に招かれたドン・トニは、婚約者を伴って我が家にやってきました。婚約者は美しく、なんでもプロのギタリストということでした。美人コンテストで優勝したこともあったとか。多くの人はドン・トニが髪を黒く染めているのじゃないかと疑っていましたが、あれは地毛で、婚約者のおかげで芽生えた恋心による変化なのだという人もいました。ロンディータ（婚約者の名です）はドン・トニの驚くべき推定年齢をすぐさま見抜きましたが、実際には、彼の正確な年齢など誰も知らなかったのです。面と向かって問い質《ただ》す勇気のなかったロンディータは間接的にそれを知り、最終的に、ある晴れた日の朝、指輪を彼の顔に投げつけるという形で婚約を破棄しました。美しい婚約者は一週間ものあいだ自室にこもり、懸命に記憶を手繰り寄せて、恋をすべきもっと若い相手を探しました。ドン・トニよりいい男がいないことを彼女が知ったとき、ドン・トニのほうはすでに彼女を忘れて、もっと若い女たちの相手をしていました。実際、ふられた腹いせにスポーツに打ち込むようになったドン・トニは、街ですれちがっても誰だか分からないほど若返っていました。それはそれはいい男だったそうです。祖母は家にかかってくる電話の応対に追われるようになりました。ドン・トニはご在宅？　ドン・トニはもうお出かけ？　家で他の名前を聞くことはなくなりました。

彼が卒業をしたとき、というか卒業したと彼が言ったときは、大騒ぎになりました。わたしはそれを肉屋の小柄なおじさんを介して知りました。祖母はドン・トニの成功をなんだって否定していましたから、真相は肉屋のおじさんから聞かされていたのです。といっても、真相というものは、たいてい辛いものですけどね。屋敷の二つ目の中庭でキャビアとシャンパンのパーティーが開かれました。通りからでも様子が見えました。肉屋のおじさんはお皿の色や、テーブルクロスの模様まで見たそうです。十二月のことでした。当時幼い子どもだった母は、乳母がパーティーを見に行ってしまい、部屋でひとり泣いていました。この夜から母は一生治らないノイローゼを患います。ドン・トニはとにかく魅力的で、あのピタ・ロカまでもが片時も彼から目を離さず、また、いつものように胸をはだけたドレス姿のパウリーナ・アコスタなどはわざと失神して彼に介抱させたのだとか。これはおそらくひとりのハウスキーパー（当時は乳母がハウスキーパーを兼ねていました）の作り話でしょうけれど、まんざら嘘とも言えません、わたしの手元には安っぽい昔風の写真がありますが、そこにはものすごくいい男が写っているからです。女たちは彼を奪いあい、とりわけ同年輩の青二才より年上の渋い男性を好みがちな、若い娘たちがそうでした。ドン・トニは女たちの愛を平然と受け入れていました。彼は女の恋心をくすぐる達人だったのです。彼のオフィスには、家とか納骨堂の設計図を注文しにくる女たちばかりか、どこかの集まりで彼に一目ぼれした女たちまでもが、押しかけてきました。必要なお金も持たずに納骨堂を建てようとした結果、たくさんの女たちが破産の憂き目にあいました。こうして月日が流れ、恋と勉学のあいだで、ビジネスと気晴らしとのあいだで、彼はどんどんと若返っていきました。そして、ドン・トニが本格的な青年時代にさしかかったころ、母が結婚して、彼に密かな恋心を寄せました。思春期には、とある国の王女が彼の美貌《びぼう》に心を動かされ、キスをしたさに頭がおかしくなってしまいました。いよいよ子ども時代になると、彼の部屋は電気仕掛けのおもちゃでいっぱいになり、洋服ダンスの鏡の前には宇宙飛行士の人形が居並ぶようになりました。そしてあの、飽くことを知らない錯乱の年齢、人がひとりでは何もできない小さな病人のようになるころ、つまり生後数か月の皺だらけの赤ちゃんになったのです。

わたしの結論は千々《ちぢ》に乱れています。それは祖母のせい。トミがドン・トニであるという、この馬鹿げた考え、NがMに変わり、大人が子どもに変わってしまったという、このいかにも愚かな考えを、わたしはいまも時々頭から追い出します。でも、わたしのこのおなかのなかで渦巻く疑惑を、いったい誰が晴らしてくれるでしょう？　きっとそれはあなたです。あなたはこの出来事を外から見られるからです。

トミは、ちょうどわたしが息子を産んだときに、姿を消しました。彼の最後の言葉はこんなでした。

「おまえさんには、ミニスカートも、あの透きとおるピエロみたいなドレスも着てほしくはないねえ」まるで歳を食ったおじいさんみたいでした。

「なに馬鹿なことを言っているの」わたしは一生後悔し続けることになるとも知らず、そう答えました。人はその最後の言葉こそ大切なのに。

よく考えてみると、トミはドン・トニと違って、誰かにこの家に連れてこられたわけではありません。わたしにも誰にも気付かれぬまま、彼は思春期から幼少期までを過ごしました。わたしたちの目が節穴だったということでしょうか？　まるで今日のように思えますが、彼は五歳になったとき、一枚の写真を見せて、こんなことを言いながらわたしにくれたのです。

「これはぼくが年寄りだったころの写真。ほかにあげるものが残っていなくて」

わたしにはそれがごく普通の、あまりにも普通のことに思えたので、誰にも話すことはありませんでした。あまりにも異常に思えたので話さなかったとも言えるでしょうか。そんなふうに話す彼の声を聞いているだけで、わたしは彼に対する愛情、盲目的な愛をいっそう募らせました。誰でも恋をすると盲目になるのですね。

ここまでお話ししたことをどう思うか、ぜひお便りをください。もし地獄というものがあるのなら、それはきっと、トミの失踪――我が家では誰も口にしようとしません――でわたしが味わったそれのことでしょう。あの子がいてくれたら、きっと息子のよい相手になってくれたことでしょう。あの子がおじいさんだったときの写真を見ていると、涙がこぼれてきます。あなたはきっと前みたく、分析医にでも見てもらえば、とでも言うのでしょうね。それでもわたしはかまいません。親愛なる友より。

パウラ

親愛なるパウラへ。

手紙、読んだけれど、ちんぷんかんぷんよ！　わたしとあなたの仲でも、わかんないことはわかんないから。どうでもいい話を勝手にこじらせてる、それがわたしの印象。ドン・トニってさ、あなたの家でその名前を聞いたけれど、わたし、あの名前が出ただけで眠くなって。それで、そのドン・トニが、あなたの家に勝手に住みついて、あろうことかトミに変身したっていうわけ？　おばあさんからそう聞いた？　ほかの誰かに話してみれば。あのおばあさん、すっかり耄碌《もうろく》しているのに、あなたは耳を貸すわけね。それはきっとなにか裏があるのよ。だって男がひとり他人の家に勝手にあがり込んで追い出されもせず、警察に通報もされないなんて、あり得ない話よ。そいつが強盗か、伝染病患者か、泥棒か、精神病院から抜け出してきた狂人かもしれないのに。そんなことをして家族が危険にさらされることをあなたの両親はわからなかったってこと？　あなた、なにを考えてるのよ、そんなことがあなたの家で起きるはずがない、両親があなたにあれだけ厳しくしていたことを思うと余計に。ここへは行くな、そこへも行くな、ラバージェ通りのエレクトリック座に行くのか、だったらズボンは履くな、ミニスカートもだめ、そのブラジャーは胸が出すぎる、そのガードルはしぼりすぎ、とかさ、ほんとにうるさい親だったわよね。ほら、あの日よ、十八歳未満禁止のアラン・ドロンの映画『若者のすべて』を観にいったとき、あなたの家で大騒ぎになったでしょ。ひどくない？　わたしたちは十五歳だったけれど、インドの女は十二で結婚するし。まったく親というのはどこまでおかしくなれば気が済むのか、子を愛するがゆえ憎むなんて。

いちばんわからないのは、あなたがそこまでトミを気にかける理由。わたしも飼い犬のマチョのことはとても愛していたけれど、いなくなったときには、まるで最初からいなかったみたいに、こう考えたわ。この世にはほかにも山ほど犬がいる、もっと可愛い、あまり汚いことをしない別の犬を探せばいいだけって。同じだとは言わないけれど、普通はこんな風に考えるでしょうが。それにほら、子どもって、とにかく鬱陶《うっとう》しいじゃない。あいつら、たとえば人がいちばん気にいっているドレスをわざわざ狙って上手にゲロを吐いたりする。だから、あなたの子どもの洗礼式の日にも言ったけれど、わたしは子どもが欲しくなかったのよね。ところがアドリアンが文句を言うわけ。それだったらどうして俺たちは結婚したんだよ、子どもをつくらないなら、意味がないだろ、とか。その言葉を聞いてから、わたし、彼に対してすっかり冷めちゃって。わかる？　口答えはしなかった。だってうっかり相手にすると、わたし、すぐに切れちゃうでしょ、それで一度切れると、返事の代わりに、握っていたバターナイフを突き返しかねないし。人生とは悲しいものね、逆戻りができないのだから。で、あなたはいまも、その消えた幽霊のこと、トミのことを気に病んでいるわけ？　あれ以上何を望むのよ？　トミの残していった服のことよ、あれを息子さんに着せてやればじゅうぶんじゃない。ひょっとしてトミは服をもって消えたわけ？　あのベビー服、最初に見たとき、わたし、目が点になったわよ。可愛らしいひだひだ、繊細な生地、美しい刺繍《ししゅう》、いかしてたわね！　わたしたちが〈襤褸《ぼろ》着の少女修道院〉に通っていたころに見た絵の幼子イエスみたいだった、覚えてる？　て言うか、あそこでやった悪戯《いたずら》のこと、もう忘れた？　ずるそうな神父に懺悔《ざんげ》を迫られてさ。「ほかにも罪を犯したか？　どんな罪だ？　思い出しなさい」とかさ、あいつが言うわけよ。するとわたしたち、いつも同じ罪を懺悔していたじゃない、自分たちがやりたいなって思ってた罪を懺悔して、そして同じ罰を受けていたっけ。あのころ、トミは、いくつだったの？　あなたたち、バスルームに隠れて煙草を吸ったって言ってたわよね。そこで彼に映画みたいなキスをされて、失神しちゃったって。あのころの彼はあなたより年上で、それからあなたのほうが彼より年上になったというわけね。もう、わたしには、なにがなんだか、さっぱりよ。どんなに頭をひねっても、まるで理解できないわ、なによりもひどいのは、怖くなってくること。もしそのドン・トニみたいな生き方、つまり逆向きの人生が歩めるなら、いったいどうなっちゃうの？人がやがて子どもになって、ある日ふっと消えてしまうというのなら、少なくともそんなに驚きはしないでしょうし、そもそも（事故でもない限り）寿命がはっきり分かることになる。まさかそんなことがあり得るとでも？　これについてはまだ疑問が残るけれど、わたしにはあなたを落ち着かせるうまい方法があるようには思えないから、とりあえず、ばいばい。赤ん坊とあなたにひとつずつキスを送ります。

プリリディアーナ

アナ・バレルガ

Ana Valerga

アナ、アナ、アナ、と子どもたちは彼女に呼びかけ、追うように駆け寄った。猟犬の目、両生類の口、蜘蛛《くも》の手、馬の髪。それは人間というより獣だった。私は総合診療所ではじめて彼女を見た。ある友人が入院中の息子を見舞いに行くのに付き添っていったときのことだ。アナ・バレルガは私財を投じて、診療所内の使用されていなかった駐車スペースに建物をつくり、そこで知的障害をもつ子どもたちの教室を開き、その地区ではそこそこ知られるようになっていた。子どもたちは反抗的だったり、言うことを聞かなかったりと、しつけるのが難しかったが、アナ・バレルガには彼らをしつける手段があった。警備員の男を使って閉じ込めると脅していたのだ。彼女の友人であるその警備員は、彼女にキスをしてから、教室のドアの向こうに仰々しく立ちはだかって、子どもたちを威嚇《いかく》していた。警備員の都合がつかないときには、アナも子どもたちを脅していた。町中の記念像を用いて。彼女は子どもたちに、あれは人々が考えているようなブロンズでも大理石でもなく、肉と骨をもつ生身の人間であると言い聞かせていた。インディオも、馬も、雄牛も、男たちも一見すると動かないが、幼い子どもが通りかかるとすぐにさらおうとする。どうしてもわからないのは、いったいなんのために子どもをさらうかなのだと。アナ・バレルガは、眠れない夜を、子どもたちを従順にする方法を思い描いて過ごした。自分のでっちあげた話を信じさせるためなら、彼女はどんな手段も厭《いと》わなかった。あるときは警備員と打ち合わせをして、ミルクをこぼしたという理由で子どもたちの前で自分を拘束させた。次は子どもたちを連れてブロンズ製の馬にトウモロコシの餌《えさ》を、大理石の女にはパンを、英雄の像には水を運んでやった。子どもたちはずいぶんおとなしくなった。なんでも従い、脅されることですっかり従順になった。ある日の午後、グアレグアイチュー広場で、モチート少年が大理石のインディオ像の矢と矢のあいだにはさまって死にかけるという事故さえ起きていなければ、アナ・バレルガは彼女の教育事業をより進展させていたことだろう。だが、当局は教室を閉鎖し、違法な教育と病気の子どもを虐待した罪でアナを逮捕してしまった。母親たちは抗議の声をあげた。子どもたちは成長したし、銅像や偉人像の名前をためらうことなく口にするようになっていたからだ。子どもたちは、以前みたく死んでいるようには見えなくなっていた。

謎

El enigma

同級生のファビオは仕事が終わるとよく、我が家に、ピアノの練習をしにやってきた。彼の家にはピアノもそれを買う金もなく、買えたとしても置く場所がなかった。ファビオが我が家に来るのは、だいたいいつも夕方で、コップに入った冷たい水を飲み、テーブルの果物をつまんでから、ピアノの前に座った。わたしたちは、なにか大事なことで忙しくしていたり、外出する用があるときには、ファビオに電話番を頼んでいた。というわけである日、彼はピアノの練習をするのではなく、ある人からの電話の相手をすることになった。その後、その同じ人からの電話がだんだんと長引くようになり、彼もだんだんと楽な姿勢を取るようになっていった。最初は立っていたが、そのうち椅子《いす》に腰掛け、次は床に座り、次は膝《ひざ》をつき、最後は床に寝そべる始末だった。

「誰と話してるのよ?」わたしは単なる焼きもちから彼に尋ねた。

「知らない。女の人の声なんだ」と彼は答えて、わたしの驚いた顔を見て言った。「誰かは知らないんだ、本当だよ。名前も知らない。会ったこともない」

「それはめでたい話だこと」とわたしは言った。「時間の無駄ね」

その謎の電話はそれから一か月ほど続き、そしてある日、ファビオが帰宅の前にわたしを呼んで言った。

「君にお願いがあるんだ。電話の女性と喫茶店で落ち合うことになってね。白の服、手には一冊の本、襟《えり》にはキヅタの葉、あと犬を一匹連れているそうだ。どんな人か見てきてくれないか? おでぶさんとか、おばあさんとか、とんでもないおちびさんだったら怖いじゃないか」

「それでなにを伝えたらいいの?」わたしはそわそわと尋ねた。

「適当でいいよ」

「おでぶさんかおばあさんだったら?」

「こっちは結核で死にかけていると言ってくれ」

「とんでもないおちびさんだったら?」

「あなたには背が高すぎる男だったと」彼は笑いながら言った。「変人だと言ってもいい。あと彼女の写真をもらってきてくれないか?」

「綺麗な人だったらってこと? わたし、あなたの女の趣味なんて知らないから」

「綺麗な人だったら翌日映画館で会う約束をしておくれよ。仕事で来られなかったとか言い訳してさ。まずは写真をもらってきて」

「やってみる。でもあなたの写真をちょうだい」

「そりゃあ名案だ」彼は満足げに言った。「それしかない」

彼は書類の束をかきわけて、自分が写っている写真を一枚わたしにくれた。わたしはそれを引き出しにしまった。翌日の午後、わたしは、出かけるために、しぶしぶ着替えをした。電話の女のことを知りたいなんていう気持ちは微塵《みじん》もなかった。時間の無駄だと思うとげんなりしたが、わたしのファビオに対する愛はあまりにも深く、どんな気まぐれでも断るのは難しかった。二ブロックほど歩いたところで写真を忘れてきたことに気がついた。家に引き返して、引き出しをかきわけた。ファビオの写真はほかのに混じって見つからず、わたしは多くの写真が入った封筒ごと持参し、道すがら彼のを探すことにした。わたしは約束の時刻にコンスティトゥシオン駅の正面にある喫茶店〈エル・トレン・ミスト〉に着いた。なかはがらんと大きく、無数の鏡に照明がきらきらと反射していて、目が一瞬くらんだ。テーブルについている客たちの顔を見ることもなく、入り口で立ち止まった。ファビオが言うには、女は入り口から右手に四つか五つめのテーブルに座っていて、足元に〈コケート〉という名の犬がいるはずだった。すぐに見つかったが、女は自分でそう言っていたような（ファビオから聞いていた）金髪ではなく、どちらかというと黒、濃い黒髪をしていた。わたしはそのそばへ行った。びくつくあまり、そのテーブルまで来たところで椅子に軽く躓《つまず》いてしまった。彼女が言った。

「お座りになって」

わたしは一言も言わずに座った。

「初対面って、なにを言えばいいか、わからないものね」と彼女は手袋を脱ぎながら言った。「あなたがまごつくのもわかるわ。ごく自然な反応よ」

「ファビオから、病気で来られないと伝えてくれ、って頼まれたんです。彼、とても残念がっていました。このジャスミンを届けてほしいって」

わたしはハトロン紙にくるんだ花束を彼女に渡した。彼女は花の香りを吸い込んだ。

「わたし、すれ違いって、嫌いなの」と彼女は言った。「いい兆しじゃないでしょ。人間関係って、最初の瞬間にすべてがかかっている。だから、今のこの状況は、とても良好とは思えない」

「迷信深いタイプなんですか?」

「とても」と彼女は言った。「あなたの想像以上にね」

「今回は深刻に受けとることもないと思いますけど」とわたしは答えた。

「今回も今後もずっとそうなのよ」と彼女は言った。

「ファビオはあなたの写真が欲しいそうです。どうかお願いします、ですって」

「あまりいい写真がないの。見れば幻滅するんじゃないかしら」

「これが彼の写真です」

わたしはポケットから間違って本屋のライムンド・カニーノの写真を取り出して、彼女に渡した。彼女はそれを受け取ると、ぼんやりと見つめた。

「写真ではどんな人かわからないものよ。会ってもいないのに。いつかファビオと会ったときには、この写真が、わたしの知らない彼の人柄について、きっと多くの謎を明かしてくれることでしょう。今のわたしにあるのは、心をかき乱すあの声だけなの」

その瞬間から、写真は彼女の扇子代わりになった。

「なにかお召し上がりになる?」彼女が突然尋ねてきた。「紅茶? アイスクリーム? ホットチョコレート?」

「わたしですか?　いつも紅茶です。好みなんです」

彼女はろくにわたしの答も聞かずにウェイターを呼ぶと、二人分のアフタヌーン・ティー・セットをもってこさせた。紅茶をすすり、バターを塗ったトーストを食べながらだと、わたしたちの会話はずっと弾むようになった。最後には自分たちの食欲に呆れて笑いだす始末だった。

「午後の紅茶って大好き」と彼女はときどきうっとりと言った。「ほかの時刻ならなにも食べずにいるほうがいいんだけど」

二人とも最後のトーストを食べ終わると、彼女はウェイターを呼んで代金を支払い、出口までご一緒して、とわたしに言った。彼女がわたしの腕にしがみついて離れないので、まるで障害者といっしょに歩いている気分だった。さらに彼女はわたしにタクシーを呼ばせた。タクシーに乗り込むと、別れを告げる前にこう言った。

「明日電話をするとファビオに伝えて」

「写真は?」わたしは尋ねた。

彼女は財布のなかを探った。

「証明書用のが一枚あったわ。まるで犯罪者ね」彼女は写真をわたしに渡すと、さよならを言った。

家に戻るとファビオが待っていた。わたしがアレハンドラとの出会いについて聞かせてやっても、彼は不満げだった。障害者みたいな女だった、髪は金髪じゃなくて黒だった、とはさすがのわたしも言えなかったが、彼女の写真を渡すと、ファビオはそれを気に入った。かなり長いあいだじっとその写真を見つめては、口許を手で隠して目と鼻だけを見つめたり、目と鼻を手で覆って口許だけを見つめたりしていた。近づけたり遠ざけたりしては、色々な角度から、眺めつ、眇《すが》めつしていた。

何日かが過ぎた。ファビオは今か今かと待っていたが、アレハンドラからの電話は一向に来なかった。

「いったい彼女に何を言ったんだ!」ファビオはわたしにけちをつけた。

「あなたに言われた通りのこと」

「こんなに電話がないのは妙だよ」

「そっちからかけたらどうなの?」

「番号を教えてもらってない。彼女から電話が来ないことには、僕から会うチャンスはないんだ、二度とないんだ。このことの意味がわかるか?」

ファビオはめそめそと泣き出した。

「アレハンドラはきっと電話してくるわ」わたしは電話が来ないことを願いながら彼に言った。

するとアレハンドラがまた電話をかけてきた。ファビオはただちに彼女に会おうと、映画館での待ち合わせを提案したが、彼女はそれを拒否し、例の喫茶店で会おうともちかけてきた。わたしはそのデートを最後にファビオと自分の友情は終わるだろうと思った。わたしが間違ってアレハンドラに渡してきた本屋の写真のことが露見するだろうから。ところがそうはならなかった。事態は予想外の展開を見せることになった。デートから戻ってきたファビオは沈んだ表情でこう言った。

「頭痛がするといって代理を寄こしてきたんだ。あの女は僕の頭をおかしくさせる」

「代理って誰?」

「彼女の友だち。僕にあきらめさせようと、ただ僕にあきらめさせようとして、あんなことを。今度こそ僕は恋に落ちた」

アレハンドラとファビオは初対面に至るまでずいぶんと時間がかかった。いつもなにかが起きた。二人のどちらかがデートに来られなくなる不都合が必ず生じるのだった。おそらく二人とも悲劇的な結末を予感していたのだろう。

そして二人はついにあの喫茶店〈エル・トレン・ミスト〉で落ち合った。どちらも焦燥と恋心に体を震わせてやってきた。テーブルの下ではコケートが二人の足をぺろぺろなめていた。

電話では決して話せない山のような話を交わした後、別れ際、アレハンドラが、財布から、革のケースに入れたライムンド・カニーノの写真を愛おしそうに取り出して、それに口づけをした。

「あなたの写真を肌身離さずもっているの」彼女は写真を指さしてうっとりと言った。

ファビオは笑っていいのか、泣いていいのか、わからなかった。最初は彼女のいたずらだと考えた。

というようなことをファビオは、すっかりやけになって、感情を爆発させながらわたしに語ったものだ。

ファビオは彼女と二度と会わなかったのだろうか？　ファビオは、アレハンドラの背信にも、そして彼女がその写真に口づけをしたライムンド・カニーノの顔にも耐えられなかったのだろうか？　アレハンドラが財布からあいつの写真をとりだしたのはうっかりだったのか、それとも自分へのあてこすりだったのかと思い詰めただろうか？　わたしは彼になにも言えなかった。自分が犯した過ちを打ち明けようとしたけれど、彼には二度と会えなかった。すでに引っ越してしまい、新居の住所も聞かされなかったからだ。

コラール・フェルナンデス

Coral Fernández

ロシーに

彼女は名をコラール・フェルナンデスといい、いつも左の耳には髪を垂らし、右の耳だけ出していた。あまりにも可愛らしくて、僕は最初のうち彼女を馬鹿だと思っていた。

モレーノの競技自転車チーム発足の野外パーティーで僕たちは知り合った。楽園のような花々が生い茂る木立ちの下にテーブルが用意されていた。楽団のボックスと、ダンス用のフロアもあった。僕たちはランチのあいだ隣り合わせの席にいた。最初のうちは話もしなかったけれど、すぐに互いに惹《ひ》かれ合うようになった。会った瞬間に相思相愛という現象は、間違いなく存在する。テーブルの下で何かがコラールの足を撫《な》でた。それは恥知らずな男の足などではなく、一匹の猫だった。コラールが飛び上がり、僕たちは屈《かが》んでテーブルの下を覗《のぞ》き込んで、笑いあった。僕はタイミングを見計らって彼女をダンスに誘い、その手の触感を味わい、その体を抱きよせるのを楽しみ、彼女の笑みと香りに惚《ほ》れこんだ。陽が傾きかけても僕たちはテーブルから離れず、それくらい互いに惹かれ合っていた。かすかな眩暈《めまい》と激しい頭痛が僕を襲った。僕はそれを日差しのせいにしたが、実際に日向にいた時間はわずかだった。彼女が水のボトルにハンカチを浸して、僕の額を拭《ぬぐ》ってくれた。甘えん坊の僕と慈しみ深い彼女、この行為によって二人の親密な関係が始まった。僕は別れ際に心をこめて、今日から先は、頭痛が僕に、人生でいちばん甘美な思い出を蘇《よみがえ》らせてくれることでしょう、つまりあなたと知り合えたこの日のことを、と言った。

僕たちは二人とも同じ戦術を採用していた。それは互いへの興味を表には出さないというものだった。しばらくの間は、共通の友人の家で、週に一度だけ会っていた。その家には庭があって、そこで僕たちは人々から離れて散歩をしていた。集まりは日曜の夜で、カードゲームをしたり、踊ったり、音楽を聴いたり。それ以上会わなくとも、僕たちは、素敵なほど互いを理解し合っていることを知っていた。

「君と会うのがいつも頭痛の日になるのが残念だ」僕はあるとき感情を押し殺しながら言っ

た。というのも、感情こそが、僕の頭痛と眩暈の原因だったからだ。

「他の日にだって会えるのよ」コラールが誘うように言った。

僕たちは毎日のように会うことにした。喫茶店、映画館、広場や公園、他にもここでは言い尽せないほどいろいろな場所で。僕は病気になり、幸せは陰った。僕の病気はふつうの病気ではなかった。頭痛がするかと思えば、風邪をひき、じんましんになったかと思えば、まっすぐ立つこともできなくなり、目が焼けるように痛んだりした。何人もの医者に診てもらい、血液検査やレントゲン検査をしてもらったが、徒労に終わった。医者たちは未知の病気を前に腹を立てた。僕の病気に名前はなかった。医者は、あなたは健康そのものだ、と言った。僕はすぐさま結婚を決意し、結婚後はコルドバへ引っ越すことにした。ところが仕事の関係で二十日間も離れ離れになった。つまり僕がブラジルに出張する羽目になったのだが、それで健康状態が見るからに改善した。

僕は力と情熱に満ちた体に様変わりして帰還した。コラールはなぜか僕を咎《とが》めた。

「あなたはわたしから離れると元気になるみたいね」

僕たちはまた毎日顔を合わせることになったが、すぐに僕の健康状態は悪化し、コラールは僕の状態が彼女から離れると劇的に向上することをまたもや咎めた。彼女は嫉妬《しっと》をしていた。

自らの不在に対して嫉妬をしていた。僕たちは子どものようにいがみ合った。ついに僕は甥っ子のひとりを連れてタンディルで夏を過ごすことに決め、コラールには、神経病の診療所に入院すると伝えておいた。彼女に手紙を何通も書いたが、住所は教えず、返事は別の住所に届くようにしておいた。僕の健康状態は顕著によくなったが、婚約者に手紙を書こうとしてペンを手に取った瞬間、体中に湿疹が出た。僕の健康状態は上昇と下降を繰り返した。コラールの手紙を読みだすと、目に激痛が走るようになった。手紙は甥っ子に朗読してもらうことにした。念には念を入れて部屋の反対側の端に座った。朗読をする甥っ子のすぐそばにいようものなら、体中が、とりわけ耳の内側が恐ろしくむずがゆくなってくるからだった。とはいえ、コラールに対する僕の愛が衰えることはなかった。誠意をこめた手紙を書き、僕は君と二度と会わない、もし僕のことを本当に愛しているのなら、どうかわけを説明させてほしいと書いた。彼女は僕への愛を募らせた。手紙のなかではこう言っていた。

「あなたのことを朝まで一睡もせず思い続けていました」

実は僕も、その同じ日の夜、奇妙な痛みに苛《さいな》まれて、朝まで眠れずにいた。

「頼むから僕のことを思い浮かべないでほしい」僕は彼女に頼みこんだ。

「それじゃあ、わたしはこの先どうやって生きていけばいいの？　わたしはただあなたといさえすれば元気になるのに」

「僕たちの体の細胞はいっしょにいることを許してくれないんだ」僕は、彼女を思い浮かべるだけで喘息《ぜんそく》の発作に襲われそうになるのを感じながら、そう書いた。

僕は彼女に電話をかけ、代理人を介して結婚式を挙げよう、人工授精で子どもをつくろうともちかけた。ほんの短い通話だったが、僕には長くて辛い時間だった。婚約者からのこんな仕打ち、コラールでない普通の女性なら、まず受け入れてはくれなかっただろう。彼女は諦めて僕の提案をのんだ。僕たちの子どもは生きていかねばならない。すでに僕たちには、最も美しい情景のなかにいるその子の顔が、その子の髪と目の色が、僕たちから受け継ぐ性格が、ありありと見えていた。

今でも僕は、ときどき、万全の注意を払ったうえで、勇気を出してコラールに手紙を書いている。

遠くから学校の門を出てくる息子の姿を見たことがあるが、僕のアレルギー体質に影響を及ぼす母親の力を受け継いでいるかもしれず、近づいて話しかける気にはとてもなれなかった。息子のベッドのそばには、僕の肖像画と、僕が幼いころに愛用していた螺鈿《らでん》細工のペーパーナイフが置かれているのを知っている。息子の名前は僕と同じノルベルトといい、母からはその美貌《びぼう》と、父からはその絵の才能を受け継いでいることも。

クラベール

Clavel

クラベールは白と茶のぶちだった。足先はこげ茶色、生き生きとした目、巻き毛。幼いころに両親と夏を過ごしたタンディルの別荘で会った。昼寝の時間になると、わたしの部屋の前で、尻尾を振りながら待っていた。出会って五日も経つと、どこへでもついてくるようになり、飼い主よりわたしを慕うようになった。クラベールの行動は奇妙で落ち着きがなかった。わたしが床に座っていると、あの子は猟犬みたいに弓なりになって、わたしの脚とか背中に抱きついてきた。わたしはあの子が大好きだったから、厳しいことは言えなかった。お行儀が悪くても、スカートのなかに頭を突っ込んできても、わたしのあの子への愛が衰えることはなかった。『犬が人みたいな真似をするはずがない』とわたしは考えていた。あの子はおかしなことを、犬のようなことをする。その犬のようなことにわたしは戸惑った。そういう犬のようなことが、むしろ人のするようなことに思えた。ときには嫌悪感も抱いた。わたしはあの子に砂糖をやっていたが、やらなくても同じことだった。

別荘の管理人の娘はわたしと同い年で、みんなからバカタレちゃんと呼ばれ、別荘のいちばん奥の部屋に閉じ込められて、親兄弟の靴下を繕ってばかりいた。彼女の使っていたプラスチック製の緑色の卵型をした針刺しに、わたしはよく見とれたものだ。

「あんなに小さな子に針仕事なんかさせて」と母はよく言っていた。

クラベールはバカタレちゃんのことも大好きだった。わたしよりずっと昔からつきあっているのだから、当り前のことだった。可愛そうなクラベール！　あの子の暮らしは、バカタレちゃんとわたしのあいだを行き来することだけだった。三人がいっしょになることはめったになかった。どうもわたしの両親が、バカタレちゃんが休みのときにはわたしをピクニックに連れ出し、わたしが家にいるときにはバカタレちゃんをお遣いに出していたようなのだ。

クラベールとの別れは辛かったけれど、バカタレちゃんとはそうでもなかった。それから間もなくして、わたしは人づてに、クラベールが別荘の管理人に撃ち殺されたことを知った。わたしが理由を尋ねても、返事は色々だった。クラベールが狂犬病にかかったからだとか、管理人が狂ったからだとか、クラベールが管理人の娘に噛《か》みついたからだとか。わたしは今もクラベールの写真をもっているけれど、あの子と同じ犬には見えない。誰もあの子を埋葬せず、親戚のなかにはひどい悪口を言う人もいた。

アルビノ・オルマ

Albino Orma

アルビノ・オルマはかっこよくて左利きだったけれど、右手をうまく操った。

ある日彼はわたしに、紙にインクを飛び散らせて、まだ濡れているうちにその紙を二つに折ると（インクの染みでできた模様から）その人の精神状態が分かる、そればかりかその人の死の日付と状況まで分かるのだと言った。わたしは占いに興味があったので（彼は占いではなく科学だと断言したけれど）、試しにやってみてもいいと言った。わたしたちの蜜月は一週間続いた。わたしはイルマとお出かけするのでデートに行けないこともあった。ある日、彼と、パレルモ公園の池のボートに乗った。わたしたちは立ち入り禁止の島へ向かい、そこでボートを降りた。彼はわたしにキスをしたあと、ポケットから紙切れと万年筆を取り出した。万年筆の先端を外して、紙に模様ができるまでインクをぽたぽたと垂らすと、紙を二つに折って指で押さえ、開いてみると、そこには蝙蝠《こうもり》のような不思議な模様ができていた。彼の説明によると、紙の模様と同じく人生は左右対称で、前半の体験と後半の体験とのあいだには密接な関係があるという。人生はこの模様と同じ。どんなことも二度ある。生まれて八年目に事故に遭遇したら、死ぬ八年前にも同様の事故に必ず遭遇することになる。生まれて九年目に強烈な幸福を体験すると、死ぬ九年前にも似たような理由で同じく強烈な幸福を味わうことになる。三歳でバナナの味を初体験したら、死ぬ三年前にたとえばチリモヤのような果物の味を初体験することになる。五歳でファンという髭面《ひげづら》の男に出会ったら、死ぬ五年前にファンだかカルロスだかいう別の髭面の男と出会うことになる。わたしは寿命を知りたいという口実で、彼に秘密を打ち明けた。その地図みたいな模様を見て、その怪異な絵の輪郭を辿《たど》りながら、自分の人生でいちばん目立つ出来事を記していった。

するとと実際、わたしの人生前半の体験のいくつかと、その時点で最後と思われた体験のいくつかとのあいだに、不思議な対称性が存在することが分かった。こうしてアルビノはわたしの裏切りを知り、すぐに訪れるであろうわたしの死期も知った（だから彼はわたしを許してくれた）。彼の計算によると、その時点でのわたしは六才のころのわたしに対応していて、幼いころに広場で知り合った少年ファンがアルビノに対応していた。乳母たちが楽しくお喋《しゃべ》りをしているのをしり目に、ファンとわたしは藪《やぶ》の陰で、無邪気に猥褻《わいせつ》な遊びにふけったものだ。その遊びがなんだったかはあまりよく覚えていない。子どもにしか理解できない類のややこしい遊びだったからだ。わたしの記憶のなかでは、二人でブランコに乗って成層圏まで届く旅をしているあいだ、眼下では荒れ果てた地球が左右に揺れている。公教要理のなかでいちばん魅力的な言葉は「姦淫《かんいん》」だ。わたしたちは遊びのなかでその言葉の意味をみつけようとする。そして見つかる。ファンはわたしと同じく早熟な子で、性器を刀みたいに振り回してわたしを恥ずかしがらせる。わたしは勇気を出してその攻撃に耐えたが、復讐を誓い、最初のチャンスでそれを果たしたのだった。

ときには復讐から愛が生まれることもある。六才というのは、わたしたちのような過激な体験をするには、あまりに若過ぎた。アルビノは悲しみに打ちひしがれたが、いっぽうのわたしはいっそう激しい生の喜びを感じ、同時にそれが消え始める気配を感じた。

あのときは、果物屋の娘が配達夫にくっついて我が家にやってきて、わたしたちは親友になった。わたしは彼女と広場で遊ぶようになり、例のいやらしいボーイフレンドとは縁を切って、彼を見下すようになった。ファンとの恋の終わりはわたしの誕生からすぐのことで、同じようにアルビノとの恋の終わりはわたしの死のすぐそばにある。

アルビノとの恋の顚末《てんまつ》について、詳細を披露するのは慎んでおくことにしよう。それは広場で知り合ったファンとの恋にそっくりだった。わたしはアルビノともブランコで天まで昇った。恋は人を子どもに戻してくれるのだ。

マルバ

Malva

綺麗な人だったが、突如として醜くなることがあった。大きな両目が熱を帯びた輝きを失うことなく縮み、唇のない口も同じくすぼまるのだ。初めて出会った日の、結婚式場の花に囲まれている彼女の姿を、今も覚えている。哀れなマルバ・ロペス！　寝室の壁はラジオ局の部屋のようなコルクばり、寒冷地の都市に住んでいるかのような綿入りの衣服、家じゅうどこを見回しても水色。これとよく似ているのがハチドリで、彼らは本能的に、音を遮る酔っぱらいの木の綿と、痛みを和らげる菩提樹《ぼだいじゅ》の花と、水色のジャスミンの花びらで巣をつくる。彼女がお茶ではなく橙花水を飲み、アスピリンではなく時代遅れのゼドロールを服用していたのを知っている。でも神経を病んでいるようには見えなかった。

この物語のことを思うと、自分が夢を見ていた気がするが、夢ではなかった証拠はわたしの周りから聞こえてくる言葉や噂話《うわさばなし》のなかにある。マルバがその度を越した苛立《いらだ》ちを最初に見せたのは、娘の用事で学校を訪れていたときのことだった。まずは校庭で半時間待たされ、次は職員室で半時間待たされた。校舎の上の階で生徒たちが民俗歌謡を歌ったり、足音を鳴らすのを聞いても、彼女の心が安まることはなかった。

その間、彼女のいらいらは募り、その顔は歪《ゆが》んだ。片方の手袋を嚙《か》みちぎった瞬間、彼女の息がすっと止まった。それを見た三年生の担任からわたしはその様子を知った。彼女はひとりきりになると——その瞬間を待ったということは多少の自制心が残っていた証である——左手の小指を嚙みちぎってのみ込んだ。なぜ小指で、親指でも人差し指でもなかったのか？　なぜ小指だったのか？　さぞや不便なことだったろう！　幸い手袋はずたずたには破れておらず、その日は恥ずかしい手を隠し通せた。マルバは我慢というものを知らなかったと人は言う。誤解も甚だしい。普通なら血が噴き出して恥をさらしていたような傷から血を出さなかったのは、まさしく彼女の自制心のなせる業だとは言えまいか？　そんなことができるのは、ヨガの達人か、交霊術師か、彼女くらいのものだ。

二つ目のエピソードは、彼女が、ある病気の女性を見舞いに、ビジャ・ウルキサへ向かうタクシーに乗っていたときのことだった。ベルグラーノR線の踏切直前にさしかかったところで遮断機が下りた。それはいつまでも上がらなかった。最初は一本の乗り換え線が通過し、次は一台の機関車が十五分以上かけておもちゃのように行ったり来たりを繰り返し、次は燕麦《えんばく》や家畜を満載した貨物列車が通過し、次はがらがらの急行電車が通過した。マルバはその間、道路沿いに商品を並べていた植木屋を物色し、なんとか気を紛らわそうとしていた。いくつかの花や蔦《つた》の名前が分かった。たまたまタクシーのすぐそばにあった屋台でオレンジを買おうとしたが、それらが穴のあいた紙袋に入れられたせいで、タクシーに乗る間もなく、ころころと地面に転がってしまった。彼女の苛立ちが危険な水準にまで高まり出した。それでもオレンジをひとつずつ拾い、なんとか気を紛らわせようとしたが、タクシーに戻る時間はなかった。しゃがんで最後のオレンジを拾おうとした瞬間、膝《ひざ》を骨の下まで嚙み切ってのみこんだのだ。前と同じく、そういう場合にあるはずの出血は一切なかった。幸いにもスカートが膝下まで隠してくれたので、醜い傷が露見することもなかった。

三つ目のエピソードはモレーノ通りのサンダル屋で起きた。じきに値上げするというので、一ダースほど買い込むことにしたのだ。お気に入りの色と形を選び、時間を節約しようと、先に代金を払った。店員が注文されたサンダルを探し始めた。店員は一足もってくるごとに、また梯子《はしご》を上って、別の棚に姿を消した。マルバは残りをまとめてもってきてくれると思っていたのに、店員は一足とってきてはまたいなくなるということを繰り返した。マルバはいらいらし始めた。勝手に手近の箱から取り出して、試し履きをしてみたが、どれもサイズが合わない。履いたり脱いだりを繰り返すうち、綺麗なニンジン色をした〈キルケー〉印のストッキング、愛用していた最後のそれが伝線してしまった。それでもしゃがんで試し履きをしているうちに、箒《ほうき》を手にした守衛の女が、少し大きなゴミと間違えて彼女を転がそうとした。その瞬間、マルバは自分の肩に噛みついた。これは至難の技だけれど、人間、いざとなればどんなことだってできる。噛み傷は前と同じく骨まで達し、腱《けん》を安々と切り裂いた。

その日から、人々はマルバの小指のない手のことを悪く言うようになった。膝や肩など服で覆われた部分は誰にも見えなかったが、指の欠損は隠しようがない。人々は、マルバは結婚前の経済的に苦しかったころ、ソーセージ工場で働いていたときに、そこの機械で指を切断したのだとか言った。根も葉もない噂だった。マルバは楽な暮らしができないほど困窮《こんきゅう》したことは一度もなかったからだ。ピクニックの最中、ハンモックで寝ていたときに、新種で〈金の指〉という名のバナナと勘違いした猿がそれを齧《かじ》りとったのだ、という人もいた。マルバはバナナなど食べたことはないし、ピクニックに行くこともなければ、虫が多過ぎると言ってブラジルへも行ったことはなかった。

　世間は口さがなかったが、マルバは人々の言うことを無視していた。これはまだしも幸運だった。実際、彼女の身に起きたのは、ずっと不幸なことだったからだ。狂気の発作に襲われるたび、彼女はどうすることもできず、口がもっとも届きにくい肉体の部位を破壊していった。どこかの階に止まったまま動かないエレベーター、お金を入れたのに反応しない公衆電話、警察署での長すぎる手続き、たまたまパルメジャーノを買いに出かけて遭遇したチーズ屋の長蛇の列、お喋《しゃべ》りな女が相手の立ち話、商品を間違えてもってきたうえ、正しい商品を取りにいかず、ひたすら言い訳をする店員。マルバの体で骨まで届く傷のない箇所はほとんどなくなっていた。水着やダンス用のドレスを愛してやまなかった彼女が、ビーチやダンスホールを避けるようになった。肌を見せられなかったのだ。

　わたしの友人たちが最後にマルバと会ったころ、もはや彼女は苛立つ理由すら必要としていなかった。最後は、クリーニング屋から戻ってきたばかりの絨毯《じゅうたん》に夫が投げ捨てた煙草が原因だった。その光景は驚くべきものだった。マルバがそれほど体が柔らかかったとは知らなかった。きっとサーカスの曲芸師になれたことだろう。彼女はまるで蛇のようにのけぞると、頭を思い切り反らせて、自らの踵《かかと》を嚙みちぎった。幸いキュロットスカートを履いていたが、そうでなければさぞや下品な姿となっていたことだろう。そこには何人もの客人がいた。優雅な蠟《ろう》燭《そく》の炎に照らされて、教育相とイタリア人女性ピアニストの姿もあった。マルバの夫は彼女をどこか部屋の外へ引きずり出した。夫は一時間後にひとりで現れ、妻は気分が悪くなって寝ていると告げた。客人たちはマフラーを巻き、帽子をかぶり、コートをはおって帰り支度をしながら、どうでもいいことをささやき合った。「アクロバットでもやっていればよかったんだ」「子どものころから練習しないとできるものではない」「あんなことは一朝一夕にできないよ」「クラウディアが服を脱いだ姿を覚えているかね?」「それとロベルトは左腕をなくしたそうだ」「くわばら、くわばら」

翌日、わたしたちはマルバの死を知った。わたしは通夜へ行った。彼女の顔は分厚いベールで覆われていた。わたしがお気に入りの形見を選べるよう、彼女の部屋が手つかずのままにされていることを知った。わたしは部屋に通された。まだ湿り気を帯びた足跡が、バスルームへと続く床板の上に点々と残っていた。わたしはそれをじっと見つめた。それは人の足跡ではなかった。犬か狼がうろついた跡に見えた。着替え用のテーブルに髪の毛のこびりついた櫛《くし》とブラシが見えた。でも、どう言えばいいのだろう。それは人の毛ではなかった。その短く、硬く、黒い、先端が赤みがかった毛に、人らしいところは微塵《みじん》もなかった。ベッドの下に三つの骨が見つかった。実に綺麗で、どれもまちまちの形をしていた。わたしはそこにマルバの趣味の良さを見てとった。どこから見ても美しかった。飾りであるということは重々知りつつ、彼女の夫に、マルバがそれらの骨をなんのために集めていたかを尋ねてみた。歯を研ぐのに使ってい た、と夫は答えた。「あれは実に変わった女でしたから」と彼は言い、狼の笑みを浮かべた。そのときわたしは、つられてこちらも笑いそうになる、マルバの笑みを思い出した。奇妙で、けたたましく、間の抜けた、おそらく伝染性の笑み。わたしはときどき自分自身がそんな笑い方をしているのに驚くことがある。

誰も彼女を愛していなかったとは思わない。わたしは思わず涙をこぼした。人は人をその精神的な美徳ゆえに愛するのだろうか？　愛とは不思議なものである。

周りの人がいなくなった棺のもとへ戻り、最後に顔を見ておこうと、ベールをはがしてみた。蠟燭の炎に揺らめくベールの下には何もなく、死者に着せるあの、おぞましい、こわばった、白のレースだけがあった。

マルバが死んだのか、全身を噛みちぎってしまったのか、町のどこかに閉じ込められているのか、あるいは時々夢にでてくるみたいに、船で逃げ出し、ブラジルのジャングルをさ迷っているのか、わたしには分からない。この町は彼女にはふさわしくない。自分自身の体をあんな短期間で食いつくすのは人間には不可能だ。たしかほかにも多くの指が残っていたと思う。もう片方の膝、もう片方の肩、うなじ、両脚ふくらはぎ、彼女みたいな曲芸師の口が届くありとあらゆる部位が。彼女は死んでいない、とわたしは思った。この疑いは、彼女の死を確信するより、ずっと怖い気がした。

司祭アマンシオ・ルナ

Amancio Luna, el sacerdote

片目の栗色の瞳のなかで緑に光る三角の模様、まっすぐに伸びた黒い髪、落ちくぼんだ頬《ほお》、突き出た頬骨、傷跡のようなスミレ色の唇。八歳のときに一度見ただけなのに、どうしても忘れられなかった。夏休みに中耳炎を患ったわたしを母は修道院へ連れて行き、彼に診させたのだった。わたしはすでに長いあいだ頭痛に苦しんでいて、どの医者も原因を突き止められず、その修道院もほかの診療所と同じになることは目に見えていた。日差しが注ぎ込む広大な中庭で、わたしたち親子はアマンシオ・ルナを待った。花壇には綺麗な小石が敷き詰められ、オレンジの木が見事に生い茂っていた。せめて痛みが和らぐようにと、その日は母から飴《あめ》をひと箱もらっていた。黒い僧服を着ていかめしい顔をしたアマンシオ・ルナが姿を現すと、わたしは落ち着きを失った。ルナは眼鏡をかけ直した。わたしたちを自分の独居房まで仰々しく導き、わたしから飴とコートを取り上げた。わたしの耳を観察してから、中庭へなにかを探しに行き、また戻ってきた。そして手に握っていた一個の小石をわたしの耳にあてた。最初は焼けるように熱かったが、やがて妙に心地よくなってきた。

「痛むかね？」司祭が問うた。

わたしは首を横に振った。母がおずおずと尋ねた。

「石なんですか？」

もちろんそれは石に決まっていたが、そのうちに、母が訊《き》きたかったのは、あなたは石で病気を治しているのか、だと気づいた。ルナはなかなか答えようとしなかった。わたしの耳のきっと鍵になる場所、石の奇跡を起こす熱がもっとも効果的に伝わるピークを探っていたからだ。彼は器用な手さばきでわたしの耳を覆うように石をくっつけてから、自分で支えられるように、わたしの手をそこへ導いた。彼は簞笥《たんす》に近づき、小石で埋め尽くされた引き出しを開けてそれらを指さした。

「私がこの修道院にいるのは、一見なんの価値もないこの物たちのおかげなのだ」彼はゆっくりと言った。「この子と同い年のころ、庭の小石でよく遊んでいた。庭はまさにこの場所にあって、私の生家を囲んでいた。私は庭から動こうとしなかった。ほかのどこよりそこにいるのが楽しかったからで、それには理由があった。あるとき私は、ひとつひとつの石に、神がお告げを託されていることに気がついたのだ」

司祭は石のひとつを親指と人差し指でつまむと、光にかざしてみせた。

「ここになにが見えるかね?」彼は母に尋ねた。「修道院が見えるだろう。正面から見た姿だ。この修道院だよ。私が建てさせる前は石のなかにあったのだ」

母が効果抜群のため息をもらした。

「それで生家は、お生まれになったおうちはどうなりましたの?」母が尋ねた。

「そのままにするわけにもいかん。二つの建物を維持するには金がかかり過ぎた。家は取り壊させたよ」

「もったいない」と母が大きな声で言った。「素敵なお宅でしたのに。通学するときにいつも眺めていましたよ。門柱のライオンの石像に、大理石で縁取られた泉、わたし、見とれていましたの」

司祭は蠅《はえ》を追い払うような仕草をしてから、質問を続けた。

「これはどうかね?」別の石をチョコレート菓子のようにつまんで彼は言った。

「マリア様と幼子イエスの姿が」母が囁《ささや》くように言い、顔をぽっと赤らめた。

「よろしい。今度はお前さんだ。これはどうかね？」司祭は別の石をつまんで、わたしに尋ねた。

「聖女さま」

「どの聖女だ？　よく見なさい」

「聖クララ」

「そうじゃない、聖クララは薔薇《ばら》の冠などかぶっておらん。彼女は松明《たいまつ》をかざしているのだ。さあ、考えてごらん。この町の守護聖人だよ」

「なるほど」と母が言った。「リマの聖ロサ様ね」

「ではこれは？」司祭が別の石をつまんで言った。

「子ども」

「どこの子どもかね？　さあ、よく見なさい」

「イエス様」

「その通り。分からぬはずはなかろう。見たまえ」司祭は人差し指で細かな髪の毛の模様を指さして言った。「巻き毛のひとつひとつまでちゃんとある」

母が喜びのあまり声を上げた。

「素敵、なんて素敵なこと」

耳の痛みも消えていたので、わたしは司祭がくっつけた場所から小石を離したが、彼は石が冷たくなるまで持っていなさいと言い、有無を言わさぬ態度で小石を握ったわたしの手をまた耳に押し当てた。石の角が当たって、わたしはギャッと声を上げた。

院長が何事かと駆けつけてきた。ドアを少し開け、人差し指を口に当てて、しーっ、と言ってから、わたしたちのしていることを見て、目をまん丸くした。実際のところ、その石には魔法というより悪魔的なところがあった。鎮痛効果のある熱はなかなか冷めず、痛みがとれたあとは頭がぼうっとしてきたからだ。

そのあいだも、母は、司祭が見せる石のコレクションに見入っていた。わたしたちは日が暮れるころに修道院を後にした。門から五対の目がわたしたちを窺《うかが》っていた。わたしは耳の痛みが消えて、母はようやく娘を治療してくれる人を見つけて、上機嫌のわたしたちは歌を口ずさんで家路に着いた。

アマンシオ・ルナが破門になったという知らせを母がおばの一人から聞いたのは、秋口のことだった。面会しに来る病人に呪術を施していると咎《とが》められたのだ。母は、きっとわたしたちが面会の日に長居し過ぎたのだと考えて、大いに悔やんだ。母は知り合いを相手に、院長が部屋にやってきたこと、去り際に出口で誰かが自分たちを見張っていたことなどを語って聞かせた。司祭を待って中庭にいたときからわたしは頭に包帯を巻いていたし、痛みで呻《うめ》き声を上げていたから、きっと余計な注意を引いてしまったのだろう、と母は主張していた。でも、アマンシオ・ルナの治療法はずっと前から人々に知られ、尊重されていたのではなかったか？　いつからそれが自然なことではなくなり、冒瀆《ぼうとく》行為になったというのだろう？　わたしたちがそれを知ることはついぞなかったが、根っからの心配症だった母は、すべてがあの日の午後に始まったのだと考えていた。

それからすぐに、わたしたちは新聞でアマンシオ・ルナが死んだことを知った。人々の噂《うわさ》によると、その手には、涙を流す彼自身の顔が刻印された小石が握られていたという。ルナを聖人の列に加えようとしない教会を非難する者は、絶えることがなかった。ルナの親類の人々が、毎年、彼の命日になると、小石が本物の涙を流すと主張していたからだ。

蛇口

Los grifos

聖餅《ホスチア》ほどのサイズの水面に滴を垂らす蛇口を収めたミニチュアサイズのガラス箱をもっている。夜に食事をとっているときや、眠れない夜の明け方などに、その音は聞こえてくる。特殊なネジで、蛇口の高さと、滴の落ちる間隔を調節できる。これはとても便利だ。いつも同じリズムの音楽のようなもので、ときどき飽きてくるからだ。ガラス箱の下部には特殊な容器があり、水が蒸発するごとにそこを満たしておけば、蛇口は途切れることなく水を垂らす仕組みになっている。

食事の最中、ドアのどれかが閉まっていたり、家の別の階から足音が聞こえてきたりすると、ボルヘスがこう尋ねてくるときがある。

「どうしたのかな？　聞こえないね……」

わたしたちは黙って見つめ合い、閉じたドアや音楽越しに耳をすませ、敢えて言葉に出さずとも、自分たちがあの滴の音を待っていることを知る。あるとき別の誰かがこう言った。

「配管工でも呼べばどうかしら？」

その問いは不適切だった。水道管が水漏れしているとでも思ったのだろうか？　わたしたちは同席していたその女を憎々しげに見つめた。滴の音が聞こえたなら、せめてじっくり鑑賞してはどうなのか。ガラス箱も、漏れ落ちる滴の音も馬鹿にする彼女こそ、水の音を模している音楽をピアノであれほど弾いていたではないか！　ショパン、リスト、ラヴェル、ドビュッシー。

ときには滴のささやきがほとんど聞こえなくなることもたしかで、粗忽《そこつ》者の客は、人々の会話や、スピーチや、レコードの音楽や、食事を分かち合う楽しさといった、ほかのどうでもいいことに注意を向けてしまうだろう。マルタとロドルフォがわざとドアを開け放していても、滴の音が聞こえてくることはまずない。しかし、ある日我が家にやってきたノラの耳には、あの音がたしかに聞こえたのだと思う。彼女は何も言わなかった。でも、一羽の黄色い蝶が光を求めて食堂に入り込んできたかのように、ふいに黙り込んだ。ボルヘスから教えられていたのは明らかだった。

「ただ耳をすませる。口に出してはいけない」

このガラス箱がなければ、わたしが旅をしたこと、チベットの奥地にある秘境にまで足を伸ばした事実など、いったい誰が知ろう。きっとわたし自身が信じられないはずだ。旅自体が夢に思えるのだから。

このガラス箱は、東洋のある場所についてわたしが抱いているなかで、もっとも長持ちしている思い出だ。わたしはその場所にたどり着けなかった。おそらくまだ誰もたどり着けていないが、かの地の流れるような音だけは、好奇心と疲労とで鋭敏になっていたわたしの耳にしっかり届いた。わたしは迷宮を敷き詰めた庭園を思い浮かべた。かの地のすぐそばにある地域、つまり数も形も明らかにされていない無数の蛇口からしたたる滴たちの轟音《ごうおん》から、そのまるで滝のような音から逃れてきた鳥や動物たちが身を寄せる、名前もないその地域の住人たちの口を通し、無数の疑問と、無数の日付と、嚙《か》み合うことのない無数の曖昧《あいまい》な情報によって、わたしの眼前で、その場所の秘密がゆっくりと明かされていった。なによりも不思議なのは、それら逃げてきた当の鳥たちが蛇口と同じ旋律を奏でること、これまた驚くべき犬たちが満月の夜に蛇口の歌を吠えること、石や岩にまで滴の形がときにはくっきりと刻まれていて、その形が涙の形とは決して合致しないことだった。

棘《とげ》だらけの葉の先端からたえず滴をたらす〈蛇口形〉という名の木についても聞かされた。現地で絵葉書や地図の類を買ったが、どこにもその場所は記されていなかった。わたしはかつてそこで気を失った経験をもつ、ティボリのあのじめじめと暑い〈百の泉の小道〉を思い出した。今となってはなんともちっぽけな場所に思えた。かの地もあれらと同じく憩いの場なのであろうか？　ホラチウスやプロペルティウスやカトゥルスの文章を思い浮かべた。かの地を他の場所と比べるのはとうてい無理だった。あるいは、ひょっとすると、ひとつの庭園なのだろうか？

蛇口の寺院はいったいどこに位置しているのだろう？　寺院と呼ぶのは特に理由があったからではなく、蛇口の祭礼がわたしにもたらす畏敬《いけい》の念からだったが、あの光景を祭礼と称していいのかも分からない。

今やわたしの想像のなかに屹立《きつりつ》するその寺院は、塔であり、劇場であり、巨大な倉庫であり、サーカスであり、鳩舎の一種であり、滝つぼのそばの岩に設計通りに掘られた人工の、もしくは天然の洞窟《どうくつ》であり、厳選した植物の葉で編まれた東屋でもあった。これらの人工の、もしくは天然の建造物のどれかひとつでもいい、それはいったいどこにあるのだろうか？　それは都市を形成しているのだろうか？　森のなかにあるのだろうか？　ヤシの木に囲まれたオアシスにあるのだろうか、それとも陽の光が届かず星もほとんど見えない谷底にあるのだろうか？　山の上にあるのだろうか？　あるいは単なる庭園のなかにあるのだろうか？　ただひとつたしかなのは、というよりたしかだと言えそうなのは、その場所が中国のモンゴルに程近い一帯にあって、何世紀ものあいだ周囲を壁で閉ざされてきたこと、壁が存在するならその長さは無限であることだ。仮に築かれていたとしても、そのように完璧な音響効果を備えた建物がどのように築かれたか誰にも分からず、また、仮に自然にできたものだとしても、滴を永久にたらし続けるその蛇口の集合体がどのようにして生まれたのか、最初の祭礼はいつに遡《さかのぼ》るのか、彼らがどこから来たのかは、まったく分からなかった。

彼らはわたしの問いにしぶしぶ、疑り深そうに、なにか一言を発するたびに人差し指を唇に当てて答えた。ある者は、あの水は雪解け水だ、と断言した。朝露だ、労働者の流す汗だ、いや思想家の汗だ、と言う者がいた。別の誰かは涙だと言った。

蛇口を生かしている水の謎についてかくも多くのでたらめを聞かされたわたしは、すっかり意気消沈し、そのような秘密めかした、互いにかみ合わない、細かな説明を聞いているうちにどんどんと曖昧になってゆくその水の正体を突き止めるのをあきらめた。ただ人々が話すことにだけ耳を傾けた。一滴の音から長い時間をかけて言葉がひとつずつ生まれてきた、蛇口が送り出してきた言葉の数ははかり知れない、なぜなら音のリズムがそれらの言葉を修正してしまうからだ、という話を聞いた。あらゆる滴のなかには人や獣の顔があって、口を開けて時と未来の神秘を告げている、という話も聞いた（ボルヘスには馬鹿げた話に思えたようだ、グロテスクなアニメを思い起こさせると）。

おそらく、たとえ時々にせよ、あのことは思い出さないほうがいいのだろう。ガラス箱がなければ、わたしだってすべては夢だと思っているはずだ。わたしの記憶のなかでかすかに見えるのは、麦藁《むぎわら》帽子をかぶり、売り物の果物でいっぱいの籠《かご》をもってあの場所へやってくるひとりの子どもだ。この子どもが近づいてきて、口を少しだけ開いて見事な歯並びを見せると、舌を軽く打ち鳴らし、口のなかに唾《つば》を泡立てながら、風に運ばれてきた蛇口の土地のあの音を再現する。鳥が蛇口の旋律を奏で、犬が蛇口の音を吠えるのだ、人にできないはずがない。わたしはそれらの音の意味を言葉ではなく――彼らの言葉など分かるはずもない――むしろ目で問う。子どもの奏でる蛇口の旋律とリズムが変化する。わたしが意味を理解したとでもいうのだろうか、子どもは深々とおじぎをすると、わたしの右手にガラス箱を載せる。子どもはそれが落ちやしないかと思ったのか、わたしの左手をとってガラス箱の下へと導き、両手で支えさせる。

つかのま、遠ざかってゆく金色の麦藁帽子の、風にざわめく音が聞こえる。

カイフ

Keif

マルタに

カイフは謎めいていた。わたしは彼がとても小さいころの写真を一枚もっている。半開きの瞼《まぶた》の奥に、ちかちかと光るあの黄色い獰猛《どうもう》な目がのぞいている。見つめられると怖かった。新聞広告で見かけたドイツ製の録音機を買いにフェドーラの家を初めて訪れた一月の午後、わたしは彼と出会った。着いてみると、ドアは開いていた。浜辺では人々が家のドアを開けっ放しにする。わたしはノックもせず、曾祖母の真似をしてよくやっていたように年寄りの声で「アベマリア」を唱えてくすっと笑うこともせず、勝手になかへ入った。階段の下に座っているカイフの姿が見えた。一瞬、恐怖を感じたが、怖がるとかえって面倒を引き起こすだろうと考えた。たしか犬はこっちが怯《おび》えるとかえって乱暴になるのではなかったか？　カイフは身動きひとつせず尻尾で蠅《はえ》を追い払った。入るにせよ出ていくにせよ次に動けばこちらの命にかかわると思い、わたしは玄関ホールで立ち尽くしてしまった。静寂のなかでなにもかもが現実離れして見えた。夢を見ているか、新聞広告の住所が間違っていたのだと思った。何分かすると足音が聞こえて、階段の上にニスと化粧品の匂いを放つ女性の姿が見えた。

「なんの御用かしら？」彼女は秘密を打ち明けるような囁《ささや》き声で言った。

「フェドーラ・ブラウンさんはおられますか？」

「わたしよ。広告をご覧になったの？」

「録音機を買いに来ました」

「上がってきて」と彼女は言った。「怖がらないで」と階段を下りながら彼女はさらに言った。

「カイフはなにもしないわ」

そう言ってから屈《かが》むと、カイフの首輪に繋《つな》がれていたチェーンを手に取った。

「この子はわたしの言いなりなの」とフェドーラは言った。

彼女は足でカイフの両脚をつつき、立ちなさいと高圧的に命じた。わたしたちは階段を上がった。

「ついてきて。録音機はわたしの部屋にある」

窓から浜辺が見える部屋のなかへ入った。

「この中よ」彼女は灰色のトランクを指さして言った。「最後の旅行でこれだけ持ち帰ってきた。このトランクとカイフを」

「怖くはないんですか？」

「怖くないか？」と彼女は訊《き》き返した。「飼いならされた犬よりおとなしいわ」

「よく食べます？」

「とっても。文字通り獣のように。見ているだけでこっちの胃がもたれるわ」

カイフは話をしている彼女から片時も目を離さなかった。彼女はときどき虎が動いてもいないのに「じっとしてなさい、カイフ」と囁いた。

「カイフ、なぜカイフと名づけたのですか？」

「カイフはアラビア語で《面倒な会話も、不快な記憶も、空虚な思考もなしに動物の存在を味わうこと》を意味するの。似合うと思わない？」

「まさにぴったりの名ですね」わたしは力強く答えた。

「この子を飼い馴《な》らすのは楽しいわ。わたしがもっと若ければサーカスでこの子と働いていたでしょうね」

「まだまだお若いようですけど?」

「いくら若くても十分とは言えないわ。四歳児ならともかく、でもそれがなんの役に立つっていうの!」彼女はカイフを見つめながら小声で付け加えた。「わたしはこの子に催眠術をかけられると思う」

「あなたのほうが術をかけられたらどうします?」

「この子がわたしに催眠術を? そんなこと考えたこともないわ」

わたしたちはしばらく無言になった。わたしは沈黙を破って尋ねた。

「ほかにもなにか売りに出しているんですか?」

「ええ。たとえばダイヤの指輪、エメラルドのブレスレット、革のコート、ルノアールの絵、それとこの録音機。お金が要るからじゃなくて、変化が欲しいからやっていることよ。ダイヤの代わりにサファイアを買う。バイソンのコートの代わりにテンのコート。エメラルドの代わりにルビー。ルノアールと引き換えにピカソ。この録音機はカメラになる予定。財産がどれだけあっても無限には遠い。だから飽きたらすぐに売る。いいものばかりだから高く売れるし。子どものころからずっとこうなの。録音機を試してみる? 録音済みのテープがあるわよ」

彼女が蓋《ふた》を開けてダイヤルをいじると、うなり声が一度、そしてまた一度聞こえた。彼女は目を輝かせて言った。

「カイフの声。わかる?」

やがて耳障りな人間の声が聞こえてきた。

「これはわたし」と彼女は呟《つぶや》いた。「カイフに話しかけているところ。あなたも録音してみたい?」

わたしは買うことに決めた録音機のスイッチをいじりながら、自分の短い声をいくつか録音してみた。

わたしたちは海と彼方のヨットを眺めながら少しのあいだ話をした。フェドーラは、自分は自立した女だが、カイフのせいで最後の旅以降はその自立をなくしている、と言った。

「わたしはこの子に縛られっぱなし」と彼女は言った。「人って思いもよらないきっかけで奴隷になるのね」

わたしはカイフがいるのを忘れてしまっていた。窓は開け放たれていた。

「アイ・ドン・ノウ・ワッツ・トゥ・ドゥ・ウィズ・ヒム」フェドーラは、まるで自分の言葉をわかってもらいたくなさそうにカイフを横目で見ながら、英語で言った。「彼のことはとても気にかけているけれど、いつもそばに置いておくわけにもいかない。厄介な子。動物園に連れていけば大枚をはたいてくれるでしょうに」

「ホワイ・ドンチュー?」わたしは拙《つたな》い英語で答えた。

「だめよ。それがどうしてもだめなの」

その答に込められた途方もない悲しみにわたしは胸を打たれた。別れ際、わたしが近寄り過ぎると彼女は後じさりをした。

「あの子が嫉妬《しっと》するから」と彼女は言った。

わたしは値引きの交渉をすることもなく言い値で払い、トランクをもらうと、フェドーラにまた会いに来ることを約束して階段を下りた。

録音機の使い方をちゃんと教わっていなかったので、わたしはすぐにまたフェドーラのもとを訪れて説明してもらうことになった。フェドーラは窓際に敷いた茣蓙《ござ》のうえに半裸で横になり、陽を浴びていた。足もとにはカイフが剝製《はくせい》のように眠っていた。ドラクロワが描きそうな異国情緒あふれる絵だった。フェドーラはわたしの求めに応じて説明をしてからこう言った。

「命を取り換えることにしたの。もうこの世には飽きたわ」

「出家でもするんですか?」

「いいえ。この命とおさらばする」

「魂の生まれ変わりを信じているんですか？」わたしは微笑《ほほえ》みながら言った。

「もちろんよ」と彼女は答えた。

「やり方はどうするの？」わたしは初めてため口で言った。「体と同じで命は気軽に交換できないわよ」

「自殺する」

「自殺？」

「あら、別に悲しいことじゃない、楽な方法で自殺しますから」と彼女は答えた。

「ということは楽な自殺の方法があるとでも？」

「たぶんね。どんな嫌なことでも楽な抜け道があるものよ」と彼女は話しだした。「でもその楽な行為がふとしたことで嫌になる可能性も否定はしない。わたしは海が大好きでしょう。海水に浸かるたびにもっとこのままでいたい、死ぬまでずっとここにいたいって思ってきた。それを実行するつもりなの、つまり大好きな海に浸ったまま死んでいく。ある晴れた日の朝、明け方に、いつもと同じように海に入るわ。海水の泡を肌に感じるの。勘違いしないでね、マル・デル・プラタのアルフォンシーナ・ストルニみたいな悲しい自殺にはしないし、イギリスのどこかの川のヴァージニア・ウルフみたいな惨めな自殺にもしない。とりあえず昼過ぎまで、そして日が暮れるまでいつまでも泳ぎ続ける。やがて夕闇が迫り、夜になり、また夜が明けて翌日の朝になり、また昼と夕闇と夜が順に来て、またその次の日の明け方になる。すると体温が下がってくるのが分かる。わたしは海の色を見て、そこに漂う海藻と、海水の泡と、落ちてくる雨と混じり合う。そして最後は力が尽き、無防備になって、角砂糖のように溶けてしまうか、スポンジみたいに水を全身に吸いこんでしまう。そのときわたしの魂はそっと抜け出して、生まれ変わる肉体を探す。生まれたばかりの子どもか動物を見つけるか、あるいは意識を失っている人を見つけて、その人の肉体から意識が離れている隙に忍び込む。まずは楽な方法で死ぬ。お次はいちばん楽しいこと、つまりもうひとつの命が待っているわけ。わかった？」

「わかった」とわたしは呟いた。「でもそんなことは誰にもできないと思う。あなたは人生に飽きちゃったの？」

「この世で欲しいものはもうすべて手に入れた。このわずかな浜辺だってわたしのものなのよ」

「でも、誰だって、そんな楽に海では死ねないわ」わたしは反論した。

「わたしにはできるの」と彼女は言った。

わたしは笑った。彼女は気にせずさらに言った。

「カイフのこと、あなたにお願いしていい？　それだけが不安なの。カイフをこの世に残していくのは卑怯《ひきょう》な気がして。餌代《えさだい》のお金も渡しておく。形見にしてくれたらいい。なんならわたしの持ち物をすべてあげてもいい」

わたしは『それって遺産を受け継ぐってこと？　こんな不思議な状況に自分が立たされるとは夢にも思わなかったわ』と考えた。

「やってくれる？」フェドーラが煙草の火をつけながら言った。「全財産をあなたにあげる、喪に服せとも言わない。やってくれる？」と彼女は繰り返した。

「やる、それであなたが喜んでくれるのなら」わたしは罪の意識を覚えながら言った。

ひょっとして悪い冗談だったのか？　彼女の提案をのんだことで、わたしは自殺幇助《ほうじょ》をしたのだろうか？　わたしは莫蓙の彼女のそばに、どさっと寝そべった。

「冗談はよしてよ、フェドーラ。さっきの法螺《ほら》話、あまりに真に迫っていたから、うっかり信じるところだったわ」

「信じて」とフェドーラは言ったが、その身振りは逆のことを伝えているようだった。

彼女は煙草の火を消して灰皿に捨てると、髪の毛を軽く撫《な》でつけて、口を半開きにして鏡も見ずにルージュを塗ってから、莫蓙にうつ伏せになって陽を浴び始めた。

「次に生まれ変わるならきっとアマゾネスね。テセウスにもアキレスにも負けない女になる」

「ということは過去に遡《さかのぼ》るわけ？」わたしはふざけて言った。

「サーカスのアマゾネスよ」と彼女は言った。「それか調教師。きっとそれがいい。わたしの天職。ライオンの口のなかに頭を入れて観客に挨拶をする。こんな風にこの世と次の世との違いばかり考えているわけ。本当に楽しいんだから！」

フェドーラと、打ち寄せる波が砂の上に残していく模様を辿《たど》って、あの浜辺をいったいどれだけ歩いたことだろう！　わたしが彼女と会わなくなって数日が過ぎた。わたしは彼女の話のどこまでが本気でどこまでが冗談なのか分からなかったので、自殺を仄《ほの》めかしていたことも大して気にしていなかった。魂の転生については、彼女が誰かから誕生日にもらったというオウィディウスの『変身物語』の影響だと考えていたに過ぎなかった。わたしは彼女の運命を不安に思い始めた。会いたい気持ちも募りだした。その行動がなにかおかしいことに気付いていた。彼女は家を出るときにはいつもカイフの目の奥を見つめて言っていた。「あなたにまた会えるわね？　わたしの天使さん、この世からわたしがいなくなったらあなたはどうするの？」

これが友情というものだ。その人のことをまるで知らずに生きてきたのに、あるときからその人が人生でただひとりの大切な相手になる。ある暑い日の朝、明け方からフェドーラに会いに行った。彼女は夜が明けて暑かったら必ず泳ぎに行くと言っていた。いつかそれが嘘だと見破ってあげるとわたしは約束した。朝寝坊だと知っていたからだ。二人の決め事はこうだった。その日が暑い日で、わたしのほうが先に起きていたら、彼女を起こしていっしょに海へ行く。彼女が先に起きていたら、わたしを迎えに来る。わたしの夏休みも終わりに近く、この先、他の時間帯では会いにくくなると思っていた。フェドーラがとにかく怠惰《たいだ》で、なにをするにも時間がないという人だったこともある。わたしは明け方の尋常ではない時刻を選び、忍び足で近づいてドアをノックした。誰も開ける者はいなかった。鍵がかかっていないことに気がついた。ドアを開けたとたん、カイフが猛然と飛び出していった。わたしはなかへ入った。階段を駆け上がった。誰もいなかった。フェドーラが所有していたちっぽけな浜辺が見える窓から身を乗り出してみた。夜明けの不気味な光のなか、まるで巨大な野良犬のようなカイフの姿がくっきりと見えた。カイフは水際で立ち止まって、水の匂いを嗅いだり、波に合わせて行ったり来たりを繰り返していたが、やがて寝そべり、砂と見分けがつかないほど平たい姿勢になった。テーブルに遺書という言葉を記したわたし宛の封緘《ふうかん》した封筒を見つけるまで、フェドーラがあの常軌を逸した計画を実行したなどとは思いもよらなかった。わたしは浜辺に下りた。でも、その後わたしの夢に繰り返し現れることになる大波は、子どものころからわたしにつきまとってきたあの夢のなかの大波はどこへ行ったのだろう？　違う。あれは夢ではなかった。夢と現実はどこが違うのか？　それは時間の経過と匂いだ。カイフは獣の匂いがした。時刻は朝の五時。わたしは冷たいチェーンと少し錆《さ》びた首輪を握っている。カイフとわたしは二時間ものあいだ桃色に染まる夜明けの海を眺めている。やがて波が、きらめくフェドーラの亡骸《なきがら》を運んでくる。それを見てわたしは思う。「気を失ってはいけない。寒くて体が震える」わたしは意識を失った。

フェドーラが溺死《できし》したのを誰も不審には思わなかった。わたしは違う。彼女は無謀なほど泳ぐのがうまかった。遺書を不審に思う人もいなかった。わたしは違う。彼女は親戚もおらず、風変わりな人だった。

カイフのことを除けば大した面倒もなく、家族の驚きを尻目に、わたしはフェドーラの家に住みついた。反抗的だとか、不謹慎だとか、品がないとか咎《とが》められた。わたしはフェドーラの知り合いたち（浜辺特有のつかのま関係のあった人々）を頻繁に訪ねた。彼らは死者の秘密を明かしてくれた。彼女の人生の挿絵入り物語ともいえるアルバムをめくり、彼女のベッドで眠り、彼女の本を照らしていたランプの明かりで読書をした。鏡を見ながら彼女の香水をかけ、彼女の櫛《くし》で髪を梳《す》き、月明かりの下で、そして日中のあらゆる時刻の日差しの下で、彼女の窓から景色を眺めた。わたしは性格が変わった。何人かの人から「君は遠くから見るとフェドーラそっくりだ」とか「その口ぶりはフェドーラと同じね」とか不穏なことを言われたこともある。フェドーラは死んでわたしの体を乗っ取ったのだ、わたしはそう考えた。

フェドーラとカイフの暮らしと同じく、わたしの暮らしもまた、海辺の穏やかな幸福とともに過ぎていった。予想通りの困難に直面した。庭師は仕事を拒み、カイフの食費の半分でももらえたら自分は子どもたちをみな養っていけるだろう、こんな不当は許しがたいと言った。カイフの食費に合わせて自分の給料も上げろと言っていた女中も去っていった。カイフはゆっくりとわたしになついていった。彼はときどきフェドーラを待っているようだった。

家族は手紙でそんな生活をやめるようにいってきたが、わたしはあの楽しい暮らしを四年も送った。あのような時間と縁のない生活をどう表現すればいいだろう？　輝きから輝きへとひたすら流れる怠惰な時間を。あのころのことでわたしが覚えているのは、景色、光、香り、味、そして音楽だけだ。ただひとつ心がけていたのは、自分がフェドーラに変身したのを感じ取ることだった。溺死したフェドーラを見て海辺で恥ずかしくも気を失ったときのことをふと考えて怖くなることもあった。そのとき救助してくれた人たちに、あの瞬間なにか異常なことは起きなかったかと尋ね、そのとき呼ばれた医者にもあとで問い詰めてみた。なんの役にも立たなかった。それでもわたしは、まるで自分の不安の原因を外から眺めるかのように、何事にも動じなかった。

ある日の午後五時、家族を連れたひとりの男がドアをノックした。わたしに話があるという。男は背が高く痩《や》せこけていて、髪は赤毛だった。中背の妻はこれまた痩せ細っていて、正面から見ても横から見ても体の幅が同じだった。夫婦は、赤いタイトなズボンに水色のシャツを着た四歳の娘を連れていた。わたしは彼らをフェドーラの部屋に通した。わたしは言った。

「怖がらないで」

「カイフはなにもしないわ」と少女が呟いた。

聞き間違いだろうか？　どこでその名を知ったのだろうと考えた。少女はたしかにカイフと言ったように思う。彼らは地元の人ではなかったし、カイフを目にする機会もなかったはずだ。

家族は示し合わせたように微笑み、少女はすぐさまカイフの背中に乗ろうとした。両親はそれを止めるどころか、娘が降りてくるとすぐ、さあ、もう一度、とけしかける始末だった。なにより不思議だったのは、カイフが少女に見せた親愛の表情だった。

男が少したためらってから言った。

「わたしどもはアマゾン・サーカス団の者です。この猛獣をお売りいただきたく参上した次第です」それから娘を指さしてこう言った。「この子は調教師にしたい。生まれつきの才能がある。馬も好きなので立派なアマゾネス戦士になれるでしょうが、一座にはその役の女優が大勢いましてね。すでにわたしどもの許しを得てライオンの口に頭を入れさせました。ほかにもあまり危険を伴わない役をいくつか。わがサーカス団の立派な売れっ子というわけです。舞台に出すときはコスタリカの小人に案内役をさせています」

「ところがこの子は虎がいいって言いますの」妻が話を遮った。「さあ、いくらでも、あなたの言い値をお支払いしましょう」

少女はカイフの首にひしと抱きついて、すがるような目でわたしを見つめた。わたしは頷《うなず》いた。

カール・ハースト

Carl Herst

カール・ハーストの顔はえらが張っていて、頬骨《ほおぼね》と顎《あご》がにょきっと突き出ているのに、目はすぽんと落ちくぼんでいた。兄が彼から犬を買うことになった。彼の家はオリーボスにあり、わたしたちはそこへ犬を見に行った。家に着くとカール・ハーストその人がドアを開けた。わたしたちは彼の書斎に直接通された。そこで座って三人でビールを飲み、彼は飼育場やそこでの仕事、犬の血統や餌《えさ》選びの重要性などをわたしたちに延々と語った。

彼が庭の奥にフージョ（というのが兄に売るべく彼が用意していた犬の名前だった）を探しに行き、残されたわたしたちは部屋のなかを見渡した。金縁に入ったどれも犬の写真が壁に何枚もかけられていた。デスクのファイルにも犬の写真が挟まれていた。毛のない犬、毛むくじゃらの犬、大勢の犬、一匹だけの犬、小型犬、やけに背の高い犬、ソーセージみたいに細長い犬、月面みたいな平たい顔の犬、雌犬と子犬、兄弟犬、ありとあらゆる年齢の犬たち。半開きのアルバムには田舎の犬、都会の犬、走る犬、座る犬、寝そべる犬のスナップショットが見えた。フージョを連れたカール・ハーストが戻ってきたとき、わたしたちは笑っていたが、犬を見て怖くなったわたしはすぐに笑うのをやめた。犬は巨大な顎をもち、目はまん丸で冷たかった。

「やんちゃな犬？」わたしは尋ねた。

「おとなしいもんだ」とハーストは答えた。「それに忠実だよ」

値段の交渉をしてから、兄が彼と話し合って翌日また来ることになった。

翌日わたしたちがハーストの家に行くと彼は不在だったが、隣家の女性が、勝手に中庭の奥まで入って犬をもちかえっていいそうだ、と教えてくれた。金属フェンスで囲われ、真ん中に手入れの行き届いた大きな木製の小屋があるその中庭に、わたしたちは足を踏み入れた。わたしは震えながら兄の後を追った。ペンキがはがれた金網のドアを開けた。犬たちがにこやかにこちらを見つめ、フージョが駆け寄ってきた。フージョはすぐに小屋のなかへ入っていった。兄がその後を追って小屋に入り、わたしは外からなかを覗《のぞ》いた。白く塗られた壁に一枚の額がかかっていた。わたしはそれをまじまじと見つめた。カール・ハーストの写真だった。
壁には文字を刻んだ皿が何枚もかけられていた。《友だちのような犬になるには？》《人間を愛せ。人間に尽くせ。人間はお前の魂の一部》《さびしくても犬を仲間にはするな》《人間は裏切らない。でも犬は裏切る》《人間は絶対に嘘をつかない》

訳者あとがき

シルビナ・オカンポは一九〇三年ブエノスアイレスに生まれた。

父は、祖先が植民地時代の総督にまで遡るオカンポ家、ラテンアメリカという超格差社会の頂点に立つ大土地所有者一族の末裔だった。同じく名家の出身だった母ラモーナとのあいだには長女ビクトリアをはじめとする六人の娘たちがいた。シルビナはその末の妹として育つことになる。

裕福なオカンポ家は、夏になると近郊のサン・イシドロに父マヌエルが建てさせた大豪邸で過ごすのが習わしだった。この豪邸は、一九四〇年に当時アルゼンチン文壇の花形となっていた長女ビクトリアが相続し、彼女が当時の有力文芸誌『スル』の主催者として、ここにオルテガ・イ・ガセーのようなスペイン語圏の有名作家、またストラヴィンスキーやル・コルビジェやタゴールのような全世界の文化人を招いて華麗なサロン外交を展開したことから、現在は〈オカンポ邸〉の名でユネスコ所管の文化財になっている。

いっぽう、シルビナは、詩のスタイルで書かれた自伝『記憶の発明』の冒頭で幼少期をこう回想している。

どこまでも続く暗闇のなかでは
彼方にギルガメッシュのごとく
海の夜のなかでは
裸でパリヌロスのごとく
鏡のなかでは
宝玉のごとく
屋敷で絨毯にもぐるときは
オドラテクのごとく

後にビクトリアの招きで世界中の作家たちが訪れることになった屋敷は、幼いシルビナが空想をたくましくさせていた幻想空間でもあった。ギルガメッシュ神話、アエネーイス（パリヌルスは登場人物の一人）、紅楼夢（宝玉は主人公の名前）、フランツ・カフカ（オドラテクは短編「父の気がかり」に現れる奇妙な生き物）――カフカは大人になってから読んだものと思われるが――こうした書物の空想と混然一体となった、極端に裕福な家における幸福な幼少期の記憶は、シルビナのイマジネーションを駆動する重要なモチーフのひとつになっている。

オカンポ家の娘たちにはフランス人と英国人の家庭教師がつけられ、また一家は毎年のようにパリなどヨーロッパへ渡航していた（本書冒頭の短編「失われたパスポート」に洋上の日々の記憶が反映されている）。大西洋横断客船にはオカンポ家の娘たちに新鮮なミルクを飲ませるべく専用の乳牛まで積み込まれたという。また、一九〇八年から二年間パリに滞在した際、姉たちがみな見向きもしなかった絵筆に興味を示した幼いシルビナは、その後、母の勧めもあって絵画を習うようになる。このように、シルビナは、ブエノスアイレスとヨーロッパを行き来しつつ、複数の言語が当たり前のように行き交う環境でのんびりと育てられた。本来は母語であるはずのスペイン語が幼いころに習得した言語「のうちのひとつ」になったことが、結果的にシルビナの奇妙な文体を生み出すことになったという指摘もある。

一九二八年、二十五歳のシルビナは、父の死を見届けたのち、パリへ渡って本格的に絵画を学び始める。同じくパリにいた同郷の画家ノラ・ボルヘス（ホルヘ・ルイスの妹）とも親しくなり、最初はフォーヴィズムの画家アンドレ・ドランに師事しようとしたが、実際に絵を見て気に入らずにとりやめ、次はパブロ・ピカソに師事しようと試みたがあえなく門前払いされ、最後はジョルジョ・デ・キリコやフェルナン・レジェに師事して裸体画などを描いていた。シルビナの文体はしば

『招かれた女たち』の初版。短編「これが彼らの顔であった」に基づくノラ・ボルヘスのイラスト。

しば絵画的であると言われる。アルゼンチンは女性作家で芸術に造詣が深い人が多く、マルタ・トラーバのように芸術評論家として活動した作家もいれば、近年では美術界を舞台にした小説を得意とするマリア・ガインサのような作家まで登場していて、また本書の「蛇口」にも登場するノラ・ボルヘスも挿画家として活躍、シルビナの『招かれた女たち』初版のカバーを手掛けたりしている。こうした造形芸術との深い関わりを知っておくことは、シルビナのある意味で非常に特殊な詩的文体を理解するひとつの手掛かりになるかもしれない。

一九三二年、二十九歳のシルビナはアルゼンチンに帰国、そのときオカンポ邸を訪れていた十一歳年下の青年アドルフォ・ビオイ・カサーレスと交際を始め（このときにホルへ・ルイス・ボルヘスとも知り合う）、このあたりから絵画を離れて小説を書くようになり、一九三七年に初短編小説集『忘れられた旅』を刊行した。その多くは、幼少期の記憶をごく短くスケッチのように切り取った、印象派の絵画を思わせる前衛的な作風である。

一九四〇年にはビオイ・カサーレスと結婚、夫とボルヘスと三人でしばしば親密な時間を過ごすようになった。その成果は、世界の様々な作家の短編を集めた『幻想文学選集』（一九四〇年）や、自国の詩を振り返る『アルゼンチン詩選集』（一九四一年）となって現れる。一九四六年には、夫との共作によるミステリで『愛する者たちは憎む』という、この夫婦の関係を考えると実に意味深な題名の中編小説を刊行している。そして一九四八年には二冊目の短編集『イレーネの自伝』を刊行、ここには彼女の作品としてはもっとも長い中編小説「なりすまし」や、本書に収めた「見えない本の断章」などの異色作が収録されている。

ここからしばらくシルビナは詩や子ども向けの童話等を書いていたが、五十代半ばになっていた一九五九年に三冊目の短編集『フリアイ』を刊行、本書にも収録した彼女の代表作のひとつ「砂糖の家」など、シルビナ的としか言いようのない独自の幻想世界と語り口を構築するに至る。マリオ・バルガス・リョサやフリオ・コルタサルらの登場でラテンアメリカ文学が世界的に知られるようになった一九六〇年代以降も、短編集『招かれた女たち』や『夜の日々』、多くの詩集や児童文学書で地味に存在感を示していたが、夫やボルヘス、あるいはガルシア・マルケスらいわゆる〈ブーム世代〉の男性作家に比して翻訳もあまり進まず、アルゼンチンでは「オカンポ邸の娘たちのひとり」とか「あの女傑ビクトリアの妹」とかいった形で、国外の目の肥えた文学マニアのあいだでも「ボルヘスの盟友」とか「ビオイ・カサーレスの妻」という形でかろうじてその名を知られるにとどまり、世界的に見れば南米のマイナー作家のまま老齢に差し掛かってゆく。そして、短編集『以下同じ』（一九八七）と『鏡の前のコルネリア』（一九八八）を最後に、アルツハイマー病による幻視と薄れゆく記憶とが交じり合う薄暮のなか、ひっそりと息を引き取った。

ローカルな文学史のレベルで見ると、シルビナは、たとえばチリのマリア・ルイサ・ボンバル（一九一〇―八〇）やウルグアイのアルモニーア・ソメルス（一九一四―九四）などと並び、二十世紀のコノスール地域で短編小説のみでその名を残した女性作家のひとりに数えられる。ラテンアメリカ文学が翻訳を介して世界的に知られるようになった一九七〇年代以降は、イサベル・アジェンデに代表される女性の長編ストーリーテラーがラテンアメリカ各地に現れ、これら少し前の世代の地味な女性作家たちは逆に目立たなくなってしまったが、ボンバルやソメルスがそうであるように、自国の狭い文学空間では読者を着実に増やしていった。そのアルゼンチンでシルビナを読んで育ち、自らも幻想的な小説を書くようになったのが、たとえばマリアーナ・エンリケスのような現役作家たちである。エンリケスはシルビナの伝記（『末の妹―シルビナ・オカンポの肖像』二〇一八年）まで記すなど、この先輩に対する思い入れは相当なようだ。

寺尾隆吉はアルゼンチンが幻想文学の特異な揺籃地となった背景について、もともとパンパという〈無〉から〈虚構〉のように生み出されたブエノスアイレスという大都市を生きるアルゼンチン人たちは、歴史の不在や実存的な消失への根源的恐怖を共有し、むしろ文学など人工的虚構のうちにある種のユートピアを見る傾向にある、という非常に興味深い指摘をしている（『ラテンアメリカ文学入門』中公新書）。そうして花開いたアルゼンチン幻想文学の完成形のひとつがビオイ・カサーレスの『モレルの発明』であることは言うまでもないが、ヴァーチャル空間の人間に恋をした主人公が自らそちら側へ転移することを決意するという、後のハードSFを先取りしたかのようなこの小説は、ある意味で究極の恋愛小説でもある。ビオイ・カサーレスは癖のある短編小説でも知られていて、その多くはSF的な設定に男女の恋愛を絡め、なおかつドタバタ喜劇の要素も盛り込むという、実に風変わりな作風で、まさに寺尾が指摘するように〈アンチセンティメンタリズムに逆らって人間的感情を作品に取り入れた（前掲書六一頁）〉独自の文学世界を構築している。そして、夫が文学的探求のテーマのひとつにしたこの人間的営為のひとつ、すなわち恋愛を、まったく別の方法で幻想文学の域にまで高めたのがシルビナであるともいえるだろう。

シルビナの短編小説の特徴を一言でまとめるのは難しい。全体として幻想文学に分類できるのは確かだろうが、ほかにも子ども時代の記憶、ブラックユーモア、恐怖、猟奇、転生、民間信仰、夢等、様々な文学的モチーフが混在している。

なかでも特徴的なのは信用できない語り手の存在だろう。彼女の作品のなかでもっともよく知られている「砂糖の家」では、迷信深い女と結婚した語り手の男性が、見知らぬ女へと変貌していく妻を前に困惑する。シルビナの小説では人物が語り手になっているとき、つまりいわゆる一人称の語り手が採用されているときには少し気をつけて読む必要がある。その彼もしくは彼女が現実で進行している出来事を正しく認識しているとは限らない、むしろ誤解しているか、勝手な妄想に陥っている（と想像できる）ことがしばしばあるからだ。クリスティーナはビオレタに変身してしまったのだろうか？ 女装してあがりこんでいた男とは何者なのか？ 結末の文にあるように、現実に展開していた出来事を語り手が知ることは永久にない。しかし読者は、物語自体が実は語り手によるなんらかの誤認に過ぎないのではないかと疑いだす。

私たちを現実誤認に導くきっかけは数多くあるが、恋愛はその最たるものだろう。人は誰かに恋心を抱くと、その相手が考えていることを知りたいと願い、その相手の過去や記憶を共有できたらいいと夢想し、その相手と四六時中思いを分かち合いたいなどと妄想し、挙句の果てには死後もその関係が続くなどと稀有壮大な想像を働かせたり（まさにモレルのように）、また、どういうわけか、そのような非現実的空想や願望が「実際にかなう」と強固に信じ込む傾向にある。愚かにも。

こうした妄想の発動は、言うまでもなく、古今東西、数多くの文学者や芸術家に多大なるインスピレーションをもたらしてきた。

しかしながら、現実に他人の頭のなかなど分かるはずもなく、ましてや他人の欲望という得体のしれないマグマがどのような動き方をするかなど、我々人間に分かるはずもないのである。それを分かると信じ込むのが恋という名の愚行なのだとして、人生で一度くらい罹患しても許容範囲内だろうし、若気の至りだったとして清算を済ませた後は、その種の妄想とは無縁の穏やかな実りある人生を送っていけばよい。ところがシルビナは、実生活で、四六時中そのような愚行に没頭している男と暮らしていた。夫のビオイ・カサーレスである。

ビオイ・カサーレスはシルビナと交際中からすでに複数の女性と関係を維持（まさにこの維持とかメンテナンスという表現がしっくりくる）していたらしく、それは結婚後もいっこうに変わらなかった。本書に収められた「続き」では、作家と思しき女性の語り手がエレナという女に入れあげる夫への恨み節を綴っているようにみえるが、これは実際にビオイ・カサーレスがメキシコの作家エレナ・ガロと関係があった状況をモチーフにしたと言われる。異常なまでの執念を傾け、そして驚くべきマメさを発揮して自分以外の女との恋愛関係を維持しようとするこの奇妙な旦那を、シルビナがどういう目で見ていたのか、彼らがどういう夫婦関係を構築していたのか、いまとなっては想像するしかないわけだが、たとえば本書の「謎」に登場する語り手とファビオのそれに近いのかもしれない（ファビオは語り手の人生から消されたけれど）。いずれにせよ、このおかしな夫婦の物語がそれぞれのあの魅力あふれる短編小説群をつくりだしたとするならば、所詮部外者である私たち読者は結果オーライと笑うしかないのだろう。

妄想に囚われた信用できない語り手。

その妄想は恋であり、嫉妬であり、ときには無垢を装った欲望や攻撃的本能でもあり、ときには自分の弱さや辛い現実を隠蔽するための強制的な忘却でもある。このような、得体のしれない何かによって認知に歪みが生じている語り手を、シルビナは好んだ。

そして、読者が頭のなかで最初に想像していた物語と語り手が真に見ていた、あるいは欲望していた世界との〈ずれ〉が現れる瞬間こそが、シルビナの作品を読み解く、というより面白く味わうひとつの鍵になる。

その最もユニークな例が「償い」であろう。この短編には二種類の語りを並行する女性とその奇妙な夫、そして、二人の共通の知人である盲目の男性が現れる。これはシルビナ夫婦とボルヘスのトリオそのものがモデルになっているようにも見え、男どうしの強固なホモソーシャル的絆を前に女がいかに反撃していくかを描いた一種の復習譚にも思えるのだが、それより気になるのは、いったい何が事実なのかという問題だ。もちろん小説に答は書いていないし、読者はトドロフのいう幻想小説特有の「宙づり感」の余韻を楽しめばそれでいいのかもしれないが、読めば読むほど気になって、ついページをめくり返す。このとき私たちは、シルビナのつくりだした幻想世界にすっかりはまっているのである。

もちろんシルビナ作品の魅力は恋愛譚だけにはとどまらない。

短編「償い」における、いつのまにかインディオに変身していたアントニオ（もしくはアントニオに変身していたインディオ）に見られるように、人間のアイデンティティそのものが変容したり、とりわけ女性の人物がなんらかの生物に変態を遂げるモチーフが目立つのもシルビナ作品の大きな特徴だ。エジプト神話に題材をとった「イシス」がその好例で、他にも「マルバ」など強烈な印象を残す作品が多くある。「金色のウサギ」など、いずれも一筋縄ではいかないので単純な児童文学のカテゴリーに入りきらないが、総じて童話めいた文体で書かれている短編も割と多い。「生体波」のようなSF的作品もある。しかしそれらの怪異譚や童話や近未来ものにも、どこかユーモラスな余裕、とぼけた知性、絶妙の力の抜け具合があって、何を語っても粘着質に陥らないこの独特のドライな文体は夫ビオイ・カサーレスの短編にも通じるものがある。そういう意味では似た者夫婦だと言えるのかもしれない。

一九四〇年代にブエノスアイレスで熱く文学を語り合っていた三人。うちボルヘスはその後に世界的作家となり、日本でも翻訳紹介がかなり進んでいて、ビオイ・カサーレスについても、短編の翻訳があまり進んでいないのが一ファンとしては残念であるが、少なくとも『モレルの発明』などの主要作はあらかた翻訳された。そこにシルビナだけがいなかった。ご自宅に二人のアルゼンチン人男性作家の本を並べている趣味の良い外文読者の皆様には、ぜひその傍らに本書も添えていただきたいと思う。

本書はシルビナが刊行した五つの短編小説集をもとにした選集である。すべての短編は収録作の刊行順、および収録作の目次に沿って、前から順に左のように並べてある。


『忘れられた旅』（一九三七）「失われたパスポート」から「海」までの四編。

『イレーネの自伝』（一九四八）「見えない書物の断章」一編のみ。

『フリアイ』（一九五九）「金色のウサギ」から「嫌悪感」までの十編。

『招かれた女たち』（一九六一）「これが彼らの顔であった」から「償い」までの十編。

『夜の日々』（一九七〇）「親展」から「カール・ハースト」までの十一編。


選出に際しては、五〇代以降の円熟期に書かれた『フリアイ』以降の三冊を中心とし、スペイン語で刊行されている既存のアンソロジーや英訳版のアンソロジーなども参照しつつ、最後は独断で決めた。

参考までに、本書には収めなかった既訳の短編五つは、次の通りである。

一．「不滅の種族」（『ボルヘス怪奇譚集』柳瀬尚紀訳、晶文社、一九七六年所収）／オリジナルは『フリアイ』に収録。

二．「物」（『アルゼンチン短篇集』内田吉彦訳、国書刊行会、一九九〇年所収）／オリジナルは『フリアイ』に収録。

三．「ポルフィリア・ベルナルの日記」（鈴木恵子訳『ラテンアメリカ怪談集』鼓直編、河出文庫、一九九〇年所収）／オリジナルは『招かれた女たち』に収録。

四．「イレーネの自伝」（安藤哲行訳『集英社ギャラリー世界の文学19ラテンアメリカ』集英社、一九九〇年所収）／オリジナルは『イレーネの自伝』に収録。

五．「鏡の前のコルネリア」（安藤哲行訳『ラテンアメリカ五人集』集英社文庫、一九九五年所収）／オリジナルは『鏡の前のコルネリア』（一九八八）に収録。

なお、本書刊行の少し前に、シルビナ・オカンポ『復讐の女／招かれた女たち』（寺尾隆吉訳、幻戯書房ルリユール叢書）が刊行されているはずである。ほぼ同じ時期に重複ともいえる翻訳を刊行する結果となり、関わった者としては非常に恐縮であるが、古典作品、もしくはそれに準ずる二十世紀の知られざる名作については翻訳がいくつあっても許されるだろうし、また、これを機にシルビナの名が日本でもより知られるようになればそれでよいと思う。たまたま本書を先に手に取った方も、ラテンアメリカ文学研究・翻訳の第一人者である寺尾氏の翻訳を併せてお読みいただきたい。

最後になるが、本書の企画をしていただいた東宣出版の津田啓行さんには長期間にわたってお世話になった。また、一四五ページの引用は『聖書　新改訳　注解・索引・チェーン式引照付』（いのちのことば社）を使用させていただいた。この場を借りて改めて御礼申し上げる。

二〇二一年十一月十日

松本健二

［著者について］

シルビナ・オカンポ

アルゼンチンの作家（一九〇三―一九九三）。ブエノスアイレスの裕福な名家で六人姉妹の末の妹として育った。長女ビクトリアは文芸誌『スル』を主宰し二十世紀アルゼンチン文壇を牽引した人物。幼いころから絵画を学び、パリでジョルジョ・デ・キリコに師事したこともある。作家アドルフォ・ビオイ・カサーレスと結婚後に小説を書き始め、独自の幻想的短篇小説でアルゼンチン文学史にその名を残した。詩や児童文学の作品もある。

［訳者について］

松本健二（まつもとけんじ）

一九六八年、大阪生まれ。大阪大学外国語学部准教授。現代スペイン語文学研究・翻訳。主要翻訳作品にロベルト・ボラーニョ『通話』（白水社）、セサル・バジェホ『セサル・バジェホ全詩集』（現代企画室）、パブロ・ネルーダ『大いなる歌』（現代企画室）、バレリア・ルイセリ『俺の歯の話』（白水社）、パウリーナ・フローレス『恥さらし』（白水社）等。

はじめて出逢う世界のおはなし
蛇口　オカンポ短篇選

2021年12月17日　第1刷発行

著者
シルビナ・オカンポ

訳者
松本健二

発行者
田邊紀美恵

発行所
有限会社東宣出版
東京都千代田区神田神保町2－44　郵便番号 101－0051
電話 (03) 3263－0997

印刷所
株式会社エーヴィスシステムズ

ISBN978－4－88588－104－6　C0097

はじめて出逢う世界のおはなしシリーズ

アルゼンチン編

口のなかの小鳥たち

サマンタ・シュウェブリン

松本健二訳

本棚から本を取り出して読むというより、ギャラリーを歩くかインディペンデント映画を見るようなつもりで読め！
——マリオ・ベジャティン

几帳面で整頓好きな普通の男の暮らしに突然入ってきたシルビア、そして小鳥を食べる娘サラ……。父娘二人の生活に戸惑う父親の行動心理を写しだした表題作「口のなかの小鳥たち」など、日常空間に見え隠れする幻想と現実を、硬質で簡素な文体で描く15篇を収録。ボルヘス、ビオイ・カサーレス、コルタサル等のラプラタ幻想系譜の最先端、スペイン語圏における新世代幻想文学の旗手による傑作短篇集。

定価1900円＋税